魔豆

# 懶散勇者物語 09

Brave Story

雙月之戰

香草／著

# 懶散勇者物語 09

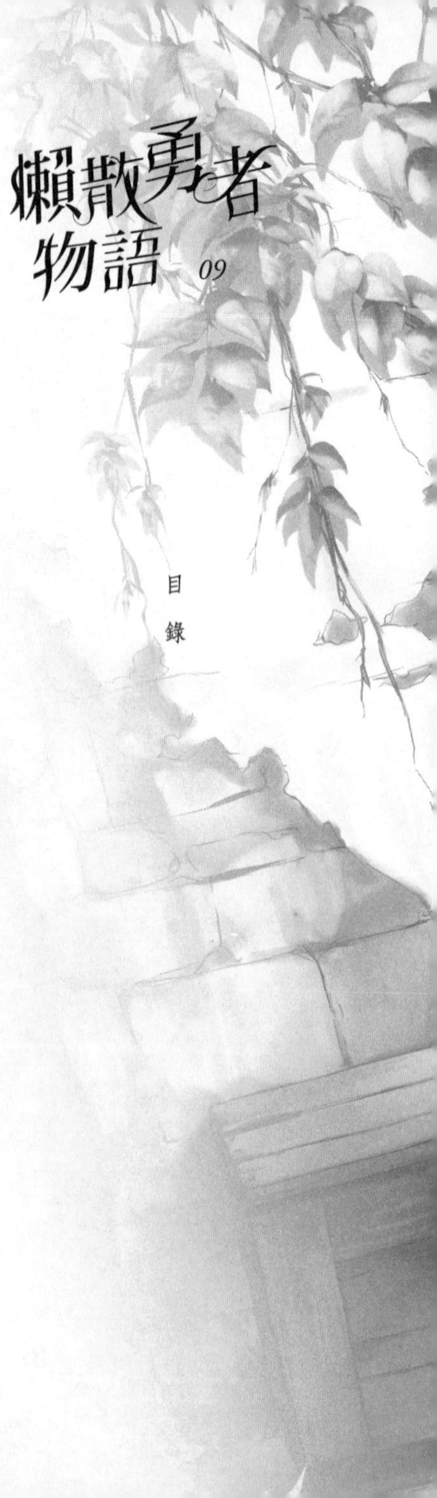

目錄

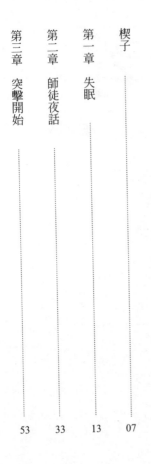

# 懶散勇者物語 CHARACTER

## 小妖

誕生於思思從北方賢者家中取得的水晶球裡。外表為一頭可愛無比的小黑貓，看似純真無邪、卻閃爍著狡黠光芒的雙瞳。
似乎只聽命於勇者夏思思……

## 夏思思

18歲長髮少女。被真神召喚至異世界的勇者。總喜歡穿著寬鬆衣服，讓人看不出她到底有沒有身材……個性有點懶散，也很怕麻煩，但卻聰明、思緒敏捷。
擁有強大精神力、能穿越任何結界。

## 卡斯帕/伊修卡

15歲，雙重身分（真神/祭司）。
化身為卡斯帕時，外貌絕美，身著精靈常穿的長衫。當身分為伊修卡祭司時，長相平凡，身穿祭司白袍。雖身分尊崇卻性格輕率跳脫，以旁觀勇者的旅途為樂。

## 埃德加

24歲，聖騎士團第七隊隊長。
難得一見的標準美男子。個性嚴謹，給人有點冷漠的感覺，卻有著外冷內熱、充滿正義感的一面，是名信仰虔誠的信徒。
魔武雙修，能力高強。

## 艾莉

25歲，隸屬埃德加麾下。
非常喜歡惡作劇，又很毒舌，喜歡吐槽自家夥伴。服下生命藥劑後，終於從15歲的外貌恢復為成熟女子。
是北方賢者的青梅竹馬。

## 奈伊

年齡不詳，是被教廷封印的高階魔族，但卻聲稱自己不食人肉！個性單純、不諳世事，被夏思思解除封印之後，便將她視為「最重要」與「絕對服從」的存在！

## 艾維斯

22歲，亡者森林裡的首領。
臉上常掛著若有似無的笑意，有著獨特又神祕的魅力。擁有一頭金紅及肩長髮、中性美的端正五官，性格卻聰慧狡詐。

## 佛洛德

10歲便獲得了「北方賢者」稱號的天才，於魔法、科學及學術上皆有優越的成就。
17歲遇上伊妮卡，人生便從此不同了……
喜歡看書，個性溫和有禮，渾身散發著知性與寧靜的氣質。

## 奧汀

8歲，現任緋劍家家主。
初代勇者後代，擁有緋紅的髮色與眼眸。
個性老成持重，一副小大人模樣。
四處遊歷並尋找被祖母驅逐的兄長。

## 羅奈爾得

本是一名奴隸，因稀有的闇系體質而擁有非人的力量。被人稱為「闇之神」。
長相非常俊美，性格卻冰冷無情，總是帶有殺意的眼神讓人望而生畏。
15歲時與卡斯帕相遇，25歲時兩人決裂……

## 諾頓

龍族之王。由於力量被封印而失去了所有記憶，一直以為自己是普通的農家子弟。得知自己的真實身分後，便以尋找失蹤的妹妹為目的，與思思等人一起旅行。
手臂上隱藏著風之元素精靈「青鳥」。

# 楔子

西方的盡頭封印著闇之神羅奈爾得。傳說這裡在多年前曾是某個小國的王城，可是作爲當年魔族侵佔的根據地，本來居住在這個國家的人民早已死的死、逃的逃，人類與魔族雙方的決戰更把王城破壞得七零八落。後來封印了闇之神後，這裡便成了斷絕所有生機的死域！

不光是這座被人們稱爲「封印之地」的破落王城，就連鄰近地區也因受到闇元素的影響而成了大片荒漠，轉身一變成了妖魔孳生的溫床！

於是人類在連接封印之地的沃富特山脈築起了鋼鐵要塞，駐守在這裡的全是人類的出色將領、爲了國家願意置生死於度外的軍人，是人類對抗魔族入侵的第一道防線！

這，正是舉世聞名的西方要塞！

諾耳曼身爲西方要塞的最高指揮官，經歷過大大小小的戰役，對於生死早就麻木了。而能讓老將軍覺得驚訝的事實在不多，可是在這一年多，諾耳曼卻頻頻被王城傳來的消息嚇到——

聽說從異界來的勇者大人，性格懶散又不思進取。

聽說勇者連劍也拿不好。

聽說勇者讓一名高階魔族成爲她的貼身護衛了。

聽說勇者把亡者森林裡的不祥之人帶了出來。

聽說勇者與龍族達成了契約。

聽說勇者與北方賢者正式宣戰。

聽說……

到了後來，諾耳曼每次聽到勇者夏思思那偉大的名號時，都要先做好心理建設，以防因太激動而誘發出心臟病之類的病況。

聽了這麼多傳言，老將軍不禁對這位勇者大人產生了濃厚的興趣。雖然從傳聞聽來，夏思思這種懶得要死、做事又亂來的人，絕對是老將軍避之唯恐不及的類型，偏偏諾耳曼卻對她好奇得很，這位行事決斷的老人已經很久沒有這種複雜又矛盾的心情了……

結果當夏思思帶領一眾同伴闖入西方要塞時，這名年輕女孩的一連串壯舉，讓諾耳曼眞正感受到什麼叫作「煩惱又幸福」的生活。

這個比自家兒子還要小的女孩確實如傳聞中懶散……不！親身接觸後，諾耳曼覺得傳聞根本不足以形容這女孩懶骨頭個性的十分之一，所以從一開始，老人便將夏思思視作於吉祥物。在他想來，夏思思的最大價值只在於激勵士氣，把少女留下來的諾耳曼從來不覺得夏思思還能夠有什麼貢獻。

可是這女孩卻讓他驚訝了。夏思思領導著一眾將領使用卑鄙無恥的偷襲卻達到了輝煌的戰果，讓她迅速成爲要塞的英雄。那些在老將軍心中上不了檯面的小手段，卻深得一眾年輕將領的心，使士兵們瞬間成爲了勇者大人的忠實粉絲。

最重要的是，夏思思讓諾耳曼，以及一眾早已對死亡麻木的將領，重拾那顆赤子之心，以及對生命的尊重與敬畏！

少女說：「士兵們的性命不只是名單上的統計數字，即使再卑鄙的計謀，只要能夠讓更多士兵活下去，就是好計謀！」

面對只有生存本能的妖獸那總是直來直往的攻擊，西方軍早就習慣了直接硬碰硬給予迎頭痛擊，可當眾人在夏思思的帶領下，又是陷阱、又是偷襲地把妖魔殺得落花流水後，他們才發現原來還有這種坑人的戰術，頓時一條嶄新的道路出現在他們面前。將領中不乏思想靈活之人，只是因爲繼承前人的打法而變得墨守成規，現在有了新的思路，自然興致勃勃地變著法子來折騰敵手。結果幾次下來，除了使陰招使得益發順手外，還取得了不錯的成效，於是諾耳曼大手一揮，便決定全軍戰術進行重大改革。

諾耳曼從來沒想過，那個傳言中連劍也拿不好的勇者，竟然能夠讓固執的自己從厭惡到接納，並且讓本已是國家精銳的西方軍變得更加強悍！

「雖說她做的那些都是借戰馬的交換條件，但其實是我們西方軍欠那個小丫頭一個人情呢。」

「嗯？」正在向諾耳曼報告的狄可訝異地看著自己的父親，從一開始他就覺得對方心不在焉，後來更是走神得不自覺喃喃自語，這不禁讓狄可大爲驚訝。

畢竟老將軍對工作的認眞與執著有目共睹，能看到他在工作中出神的機率，大概只比神祕傳聞巴德博士有天突然當眾公布自己很惹人厭多一點點而已……

諾耳曼將內心所想的話脫口而出後也反應過來了，老將軍難得露出尷尬的神色，隨即惱羞成怒地說道：「還愣在這做什麼!?既然報告完畢就快點回去工作崗位！最近封印之地的狀況更加不穩定，臨近雙月之日，說不定闇之神會有舉動也說不定！」

聽到父親故意轉移話題，狄可也順著諾耳曼的話說道：「是的！最近封印之地的暗黑氣息洩露得很嚴重，教廷已加派百多名祭司過來，但仍只能勉強防護住邊界，我想闇之神衝破封印就在這段時間了。」

諾耳曼沒好氣地說道：「那你還不快去!?」其實老將軍一直對這名有望繼承衣缽的兒子引以爲榮，但表面上總是對他特別嚴厲，幾乎沒什麼好臉色。

狄可早就習慣與父親的這種相處模式，於是不再多言，向老將軍行了一個軍禮後便退下。

諾耳曼遠遠眺望著被黑霧籠罩著的封印之地：「這就是妳最終決戰的地點了吧？小丫頭，可別讓我們失望啊！」

# ch.1
# 失眠

約定的雙月之日將至，不過有了天鈴鳥這方便快捷的「交通工具」後，眾人便不必急著起程，能在城堡好好休息一番。

以夏思思義正詞嚴的說法是：休息，是爲了走更長遠的路！

雖然留下來好好休息是少女自己的提議，可是當夜闌人靜時，夏思思卻吃驚地發現——她竟然失眠了！

平常她一沾上枕頭便能立即睡著，失眠的經驗可謂寥寥可數。即使是剛穿越到這個世界、在野外露宿時，夏思思也能睡得非常香甜。這還讓她被一眾聖騎士貼上了神經大條、沒有警覺性等標籤。

躺在床上數綿羊卻愈數精神愈好，夏思思生氣地把發明數綿羊這個治失眠方法的人數落了一頓，結果罵人以後更有精神了。在床上翻來覆去都睡不著，少女不禁感嘆失眠這種事聽起來平常，卻是最磨人的。

沮喪地發現自己確實全無睡意，夏思思知道再躺下去也一樣睡不著，乾脆起來在城堡裡隨意逛逛。

夜晚的城堡寂靜無聲……才怪，夏思思走不了多遠便遇上幾名巡邏衛兵。對方看見她時明顯愣了愣，但立即向少女行了一禮；夏思思隨意點了點頭便揮手示意他們離開。穿越以來被人行禮的次數多了，少女早已能夠處之泰然。

夏思思走至走廊盡頭的露台，雙臂枕在圍欄上抬頭仰望夜空。這個世界沒有地球的光害，能夠清楚看到滿天繁星，高掛在天上的月亮邊緣出現一層淡銀色的月暈，再過幾日這個傳說是月亮投影的銀色月亮，便會分離出來高掛天空，那晚正是所謂的「雙月之夜」！

夏思思完全不明白「雙月」的出現究竟是怎樣的原理，不過這個魔法世界有很多事情本就不是地球的科學所能解釋的，所以她也不想去深究，他們說這是倒影就倒影吧……

「還眞是美麗的夜空呢！」無論看多少次，夏思思還是會爲這世界沒有任何污染的天空著迷。

記得自己上一次失眠，就是夜帶領著同伴叛變的那一天吧？當時自己也是像這樣站在露台上，看著的卻不是寧靜美麗的夜空，而是孤兒院方向、燃燒著的一片火海……

「思思!?」身後傳來的呼喚聲拉回夏思思的思緒，少女回首一看，只見艾維斯一臉驚訝地站在自己身後。

當夏思思他們傳送回王城不久後，艾維斯與莉蒂亞也抵達了。爲免引起恐慌，變回龍身的諾頓並沒有直接飛至王城，而是在附近的山頭降落。即使如此，兩人回到城堡時，也只比夏思思等人晚幾小時而已，可知黃金龍的飛行速度到底有多快。

「你那是什麼表情？我偶爾睡不著不行嗎？」

「喂、喂！我什麼都還沒說吧？」

「可是你的表情明顯寫著：『怎麼那條大懶蟲會在這個時刻出沒!?』」

艾維斯舉起了大拇指，「思思妳眞了不起！馬上就看穿我的想法了！」

「……正常人應該都會否認的吧？」見對方直認不諱，夏思思頓時感到一陣不爽。

「抱歉、抱歉！作爲賠罪，請讓我陪失眠的勇者大人聊聊天吧！」說罷，艾維斯便學少女的姿勢，環抱著雙臂把上半身的重量也壓在圍欄上。

雖說要陪少女聊天，可艾維斯卻只是看著夜景沒有說話，夏思思也沒有想說的話題，氣氛一時沉寂下來。也許是因爲兩人早已熟悉得不能再熟悉的緣故，倒不覺得尷尬難受，反倒有種淡淡的默契與溫馨。

夏思思側起頭顱打量著身旁的艾維斯，青年中性的清秀臉龐在月色下彷彿染上柔和的光澤，幾縷在夜風中飄揚的長髮被青年修長的手指繞至耳後。

察覺到夏思思的注視，艾維斯挑了挑眉：「怎麼了？愛上我了嗎？」要是這輕佻的神情被埃德加看到，一定又會上演一場精彩的龍爭虎鬥。

夏思思噗哧一笑，道：「的確是滿秀色可餐的，不過，想勾引我還少了一點火候喔！」

青年一臉遺憾地打趣道：「那眞是太可惜了！原本打算把偉大的勇者大人勾引到手，下半生便有著落了呢！」

夏思思滿臉黑線：「我才不要！若要找男人的話，我一定不會找一個和自己太相似的，大家都那麼聰明有什麼意思？」

「……哪有人這樣稱讚自己的。」

「剛剛的話也有稱讚你聰明的意思啦！」

「也對。」

「說起來……」夏思思黑褐色的雙眸在夜色中看起來就像全黑似地，尤其她笑起來閃閃生輝的眸子愈看愈像奈伊的夜色眼瞳，「艾維斯你也失眠嗎？」

「妳這種幸災樂禍的表情到底是怎麼一回事？」

「因爲只有我一個人失眠的話實在滿不爽的，有一個人陪我一起倒楣，我會比較開心。」

「……好啦！我也是睡不著所以跑出來了，這下妳滿意了吧？」這番話艾維斯說起來一點兒也沒有失眠的沮喪，反而笑得像頭狐狸。不知道他到底是眞的睡不著，還是順著夏思思的話在裝可憐。

少女可不管對方這番話的眞假，聽到有失眠的同伴了，立即笑得眼睛也彎了起來。從夏思思的反應來看，她好像很蠢、很容易相信別人，但艾維斯認爲少女這種生活態度才聰明呢！如果在小事上傻一點能讓自己開心的話，那麼何樂而不爲？

艾維斯覺得夏思思最可取的地方就是她永遠不會逞強。該尋求幫助時便尋求幫助，該服軟時便服軟，該裝傻時裝傻，然後繼續喜孜孜地過她的小生活。沒有大志、沒有抱負，但活得輕鬆自在。

夏思思好奇地盯著艾維斯的臉，心想這個人怎樣看也不像是會失眠的人啊……面對少女好奇的目光，艾維斯笑道：「如果思思妳能夠告訴我失眠的原因的話，那我也告訴妳。」

少女沒好氣地說道：「睡不著就是睡不著，還有特別的原因嗎？不過這麼說，你是有原因的失眠囉？快快快！告訴我，我會好好當你的心理輔導員的！放心，我的口風非常緊。」說罷，少女踮起腳尖，一副好哥兒們的姿態勾著對方的肩膀，臉上的神情卻像三姑六婆在探聽八卦。

艾維斯愣了愣，隨即失笑地搖頭，把視線轉向遠方：「思思妳知道嗎？這方向正是阿蒂爾城的所在，也是我們將與魔族開戰的地點。」

「不知道。我又不像你們能夠夜觀星象探測方位那麼厲害。」吐槽了一句，少女隨即揶揄道：「也就是說你失眠的原因是因為決戰將近，所以很緊張、擔心？」

沒有回答夏思思的問題，艾維斯依舊保持著淡淡的微笑，雲淡風輕地說了一句看似無關的話：「阿蒂爾城，是我的故鄉。」

少女感到一陣毛骨悚然。

夏思思可不會以為艾維斯在擔心自己的故鄉，畢竟這個決戰地點正是他自己提出來的。

聰明如夏思思，立即領悟對方這句話的意思。

身為亡者森林一眾少年的首領，艾維斯沒有像其他同伴一樣對外界表現出太大的抗拒。那種在外面生活得遊刃有餘的姿態，彷彿對於親人將自己放逐到亡者森林一事根本毫不介懷。

可現在夏思思明白，艾維斯不是不在意，只是把恨意藏得很深、很深而已。

他就像匹潛伏在暗處的狼，要不就隱匿不出手，一出手必定是致命的一擊！

夏思思不禁想起初到亡者森林時，狄倫提及艾維斯成為他們首領時的神情，那驚懼的眼神簡直就像看到一頭野狼闖入自己的家裡似地！

仔細一想，如果艾維斯眞的如他那溫文清秀的外表般和善，早就在亡者森林那種惡劣的環境裡被妖獸啃得連骨頭也不剩了，又怎能統領那些骨子裡充滿著傲氣的少年們？

雖然夏思思早已知道艾維斯不簡單，但卻在此刻才直接感受到這個人到底有多狠辣！

她無論如何都想不到，艾維斯會在與北方賢者宣戰的時候，故意把戰火引進自己的故鄉！

被少女探究的眼神眨也不眨地盯著，艾維斯卻沒有絲毫不自在，神色自若地解釋：「我也不是要取那些人的性命，只是想讓他們嚐嚐無家可歸的感覺罷了。在埃德加把決戰地點報告給教廷後，國家便著手遷移阿蒂爾城的居民，現在那裡早已是一座空城了。」

艾維斯不介意外人怎麼想，可卻不希望同伴誤以爲他是個心狠手辣的人。雖然決心報仇，但艾維斯也有自己的底線。要是眞的想要殺害城裡的人，青年自然有別的法子，不用使出這種不徹底的方法。

當年他的父母雖然把他遺棄在亡者森林，但沒有下手殺害自己；最終艾維斯也確實活了下來。因此青年沒有把事情做絕，爲城裡的人留下一條活路。

當然，如果當年他的親人不是將他遺棄，而是動了殺意的話，現在艾維斯的報復就不止如此了。對青年來說，再深的情分也已在亡者森林這些年的艱苦生活中磨盡了，艾維斯可不是個心慈手軟的人。

相較於狐族的卡路亞，此刻夏思思覺得艾維斯更像狐族族人。因爲狐狸這種動物除了聰明美麗以外，還非常狡猾愛玩，不見青年三言兩語便把一座城鎮給玩完了嗎？

夏思思不禁慶幸，還好當年艾維斯的父母沒有把事情做絕、讓情況走到最差的一步，不然先不說以埃德加的性格在知道眞相後能否接受，艾維斯這個始作俑者的心裡只怕也不會好過。

至於說服艾維斯罷手這種事，夏思思想都沒想過，現在決戰的地點並不是他們說更改就能更改，即使魔族眞的願意遷就，少女也不會開口去說三道四。

只要艾維斯不鬧出人命，以夏思思怕麻煩的性格是不會花精力去干預的。至於要指責對方，少女認爲不是當事人的自己，根本不了解當初艾維斯所遭受的痛苦，所以沒有對此指手畫腳的立場。

夏思思拍了拍艾維斯的肩膀：「放心，你現在絕不是無家可歸的人了。據我所知，莉蒂亞不是正努力遊說你當她的老師嗎？你就安心地把城堡當作新家吧！」

少女此番話出乎艾維斯意料，一聽到夏思思提及小公主的邀請，青年無奈地道：「妳也聽說了啊……」

夏思思更正道：「應該說，所有人都知道了。」畢竟莉蒂亞身爲王位的第一繼承人，當她的老師便等同於是未來女王陛下的老師了，不知道有多少學者盯著這個肥美的位置。現在小公主卻想把那充滿榮耀的位置交給一名名不見經傳的青年，萬一艾維斯眞的答允了公主殿下的邀請，不止青年立即變得身價百倍，也代表安普洛西亞王國會產生一個新的家族！

身爲莉蒂亞的老師，當女王登基時，艾維斯便會被封爲公爵，將擁有屬於自己的領地。新家族的誕生代表對現有權力的衝擊，因此不到半天，小公主向國王推薦艾維斯當老師一事已傳遍整個王國高層了！

艾維斯有點頭痛地扶著額角：「被算計了。」

夏思思笑嘻嘻地道：「可不是嗎？」

要是布萊恩有心的話，絕對可以在艾維斯考慮期間把事情壓下來，可現在謠言卻像長了翅膀一樣滿天飛，要說國王陛下不是故意的，夏思思才不信！

要她說的話，布萊恩對於莉蒂亞的提案之所以一直不表態，其實是對艾維斯的考驗。測試這名毫無根基的青年能否挺住來自各大家族的壓力與小動作，看看他是否會就此退縮！

在艾維斯正式答允或拒絕莉蒂亞的邀請以前，布萊恩顯然還會繼續保持這種曖昧的態度。

「啊……真糟糕，雖然我對於當那小丫頭的老師什麼的並沒有太大的興趣，可是那些貴族老是擺出一副高人一等的臭臉找我麻煩，這會讓我很想反擊耶！」

「那就反擊咩。」夏思思漫不經心地應道，聊了這麼久，她總算開始有點睡意了。

「妳說起來倒簡單。反擊的話豈不是稱了莉蒂亞的意！不當那小丫頭的老師便沒有相對的身分出擊，只逞一時之快，以後是要倒楣的！」

「那你就當小公主的老師嘛！」睡意來得突然，夏思思開始昏昏欲睡了。

青年滿臉黑線：「思思妳的態度也太敷衍了吧？」

完全一副毫不掩飾地想把自己打發掉，好快點回房間睡覺的樣子！

揉了揉眼睛，夏思思問道：「那你爲什麼那麼抗拒莉蒂亞的邀請？」

艾維斯愣了愣，一時答不出話來。

少女也不在意，逕自分析道：「我覺得這份工作不錯耶！待遇好、福利高，最重要的是，你只須負責一名學生。小公主大部分時間都留在學院裡接受教育，你只要在她的休息日進行輔導，這工作多麼輕鬆啊！爲什麼你會抗拒？別告訴我是因爲你怕貴族的報復，我才不會相信呢！」

青年沉默片刻。看到夏思思等待自己回答的眼神很認眞，讓他不禁說出心裡話：「我想……對於成爲一名貴族，我還是有點抗拒吧？我是貴族的私生子，我的父親爲了維護所謂的家族榮耀把我放逐至亡者森林。這個把我遺棄的人，不知從哪裡知曉王室邀請我當莉蒂亞殿下的老師，竟厚顏無恥地前來說要讓我重回家族，好替他的長子效力！」

面對難得感性的艾維斯，夏思思一臉恨鐵不成鋼地回以一個字：「笨！」

青年苦笑道：「思思，妳不會明白的。」

夏思思理所當然地頷首：「我不是你，當然不會明白你的感受。可是無論身分如何改變，我認爲艾維斯就是艾維斯。如果你喜歡教導小公主這份工作，也能夠應付隨之而來的責任與麻煩，那爲什麼反而要糾結於『貴族』這個虛名？」

見艾維斯皺眉不語，夏思思拋出更直白的比喻：「在你的身邊，不就有著一名毒舌得不像神職人員的聖騎士、連劍也不會用的懶蟲勇者、以勇者護衛自居的純種高階魔族……我們憑著本心而活，不也活得逍遙自在嗎？」

有這麼鮮活的例子，艾維斯立即了悟，皺起的眉頭也平復下來。

夏思思卻怕青年還在鑽牛角尖，問道：「艾維斯你身處高位以後會如你的父親所願，重回家族爲你的異母兄弟做牛做馬嗎？」

青年冷笑：「我別給他們作梗，他們已經要謝天謝地了！」

「那如果你當了高高在上的貴族，還會把亡者森林的大家視爲兄弟嗎？」

青年立刻回答：「當然！」

少女又問：「你會覺得自己高人一等，平民都是卑賤的螻蟻嗎？」

「不……」

「你會利用你的權力作惡，欺男霸女、姦淫擄掠嗎？」

「怎麼可能!?」艾維斯忽然很想問一下夏思思，貴族在她心目中到底是什麼樣子？怎麼對方說出來的印象全都是負面的評價……

最後夏思思攤了攤手說：「那不就行了嗎？你到底在糾結什麼？」

艾維斯愣住了。

對啊！自己到底在糾結什麼？

默然半晌，青年釋懷地笑了。並非那種平常掛在嘴邊、雲淡風輕的微笑，而是非常明朗、沒有一絲陰霾的笑容。

明亮的笑容讓艾維斯那過於清秀的臉龐變得神采飛揚，要是此刻站在青年身旁的不是早就對美男子有著強大免疫力的夏思思，只怕已被這笑容迷得分不清東南西北了。

雖說夏思思早已看美男子看得麻木，但愛美是人的天性，少女毫不保留地露出欣賞的神色，笑道：「你應該有決定了吧？」

夏思思盯著青年的眼神非常直接，卻落落大方的並不惹人討厭，反而有點可愛。艾維斯伸了個大大的懶腰後說：「我想明白了，反正接下來的戰鬥已不是我這樣的戰力所能應付，我就不跟著去給大家添亂了。既然完成了你們的委託，威利他們也決定慢慢融入外界，那麼我也是時候該找一份新工作了。」

「你是決定和他們一起幫助教廷解決亡者森林的問題？還是當莉蒂亞的老師？」夏思思打破砂鍋問到底。開玩笑！她犧牲睡眠時間來開解對方，至少也要問出他的最終選擇啊！

萬一心裡有記掛，回到房間後因此睡不著那怎麼辦？

面對少女的追問，艾維斯坦然說道：「既然公主殿下那麼有誠意，我總不好拂逆她的好意。」

夏思思拍了拍青年的肩膀：「不錯、不錯，這麼快便代入角色開始說漂亮話了。先前怎不見你說是因爲看在莉蒂亞的面子上才答允下來？現在下定決心了才這麼說，鬼才相信你咧！」

艾維斯笑了笑，沒有否認少女的話。

「雖然我已經完成和你們的約定，不過看在相識一場的份上，我免費提供一個建議給妳。」說罷，青年在少女耳邊小聲說了一句話。

夏思思向對方豎起大拇指，「不愧是艾維斯，果然夠卑鄙。我開始有點同情那些想找你麻煩的貴族了。」

對少女不知究竟是褒是貶的話，艾維斯微笑著照單全收：「好說。」

見狀，夏思思歪了歪頭，臉上的笑容如百合花般清純：「其實，我也有這個打算呢！」

說罷，兩人相視一笑，隨即很有默契地打了個呵欠，異口同聲地說道：「很睏了，回去睡覺吧！」

# ch.2
# 師徒夜話

第二天一早，艾維斯便應允了莉蒂亞的邀請，正式宣布擔任王儲殿下的導師。雖然早已有所耳聞，但仍在王國高層掀起了軒然大波。反對艾維斯就職的官員與貴族佔大多數，也有些人抱持觀望的態度，然而表明支持艾維斯的人卻少之又少。

這也是沒辦法的事。畢竟艾維斯在王城沒有絲毫根基，那些人不趁青年成氣候前打壓他才奇怪呢！

別看艾維斯外表斯斯文文的像個女生，性格卻與外表完全相反，相當剛強，正是所謂外柔內剛。只要是他決定好的事，無論多困難都不會退縮；艱難的處境只會讓青年咬緊牙關迎難而上，甚至還會樂在其中，一點兒也不覺得苦。

這個人天生就是個善玩陰謀的。由於是私生子的緣故，艾維斯小時候沒少受過兄長以及他們母親所下的暗手，讓他學習到不少內宅的陰謀詭計。雖然對於治國來說，這些都是上不得檯面的小打小鬧，但卻讓他小小年紀便已習慣別人的殺意與毒手。

直至艾維斯的母親過世，他的父親在家族壓力與其他妻子的唆使下，決定把這個見不得光的兒子丟棄在亡者森林。

每天面對著死亡的考驗讓少年迅速成長，以致於艾維斯面對群臣的唇槍舌劍竟能硬抗下來。身爲莉蒂亞的老師，現在他所欠缺的只有與身分相符的豐富知識。

然而這對青年來說根本不算什麼，正式成爲小公主的導師後，艾維斯就有進入國家圖書館的權力。對聰慧無比的青年來說，只要有充裕的條件，那麼他便能以驚人的速度成長起來。

當然，在絕對的權勢面前有時再聰明也於事無補；就像童年的艾維斯，即使再聰慧仍無法不被父親遺棄在亡者森林。如果那些貴族全力向艾維斯下手，他絕對難逃一死。

可現在艾維斯的身分明擺著，那些貴族即使想下手也只能暗地裡來，無疑令他們綁手綁腳，有再多招數也無處施展。更何況小公主年紀雖小，卻不是吃素的，光是她的存在就足以讓那些想要對付艾維斯的人多了許多顧忌。再者，過幾天便是約定與魔族開戰的雙月之日，到時候全國皆處於戒嚴狀態，因此那些居心叵測的人也不敢有太大動作。

雖然勉強，可現在一無所有的艾維斯已有足夠的本事來保障自身安全。夏思思有信心假以時日，青年一定能夠讓那些與他作對的人摔個大筋斗！

在布萊恩陛下的連串措施下，國家已對雙月之日嚴陣以待，雖然從表面看來非常平靜，然而那凝重緊張的氣氛卻預告著一場關乎人類安危的大戰即將來臨。

除了開戰地點阿蒂爾城外，王城是最有可能受到魔族大舉入侵、卻也同時是國家集結眾多戰力，以及魔法結界保護的地方。

因此在雙月之日前，大量人民湧進王城避難，教廷的祭司則忙著設下各式各樣阻擋妖獸進攻的防護結界，分散於世界各地的聖騎士也前往大城鎮結集待命，等待著與魔族決戰那日的來臨。

眾人皆為接下來的戰鬥準備之際，以懶散聞名的勇者大人竟忽然開竅，頻頻拉著自己的導師伊修卡大祭司閉關苦研魔法。對於夏思思突如其來的勤奮，埃德加等人並不像外人那般欣慰狂喜，他們腦海裡只浮現出三個字——有古怪！

埃德加不相信少女纏著伊修卡是真的在用功，基本上，自從那次離家出走事件中大祭司與勇者一起被他抓包以後，大祭司在他心裡那聖潔的形象便轟然塌下，因此對於兩人努力在「學習」一事，埃德加是完全不看好。

雖然王城備戰的工作進行得如火如荼，但勇者派得上用場的地方其實不多。夏思思或許能指揮一支軍隊，她的奇思妙想在小戰役中也許能發揮奇效，但在戰略眼光上，還遠遠及不上那些身經百戰的老將。因此在布署方面，夏思思還是很有自知之明地將主權交給了經驗豐富的專業人士負責；老將軍們也對勇者的知情識趣感到很滿意。

所以現在夏思思的工作，就只是偶爾充當軍隊的吉祥物振奮一下士氣而已。

正因如此，埃德加不打算探究夏思思與伊修卡兩人到底神神祕祕地在做什麼。何況他們即使眞的躲在裡面偷懶自己也管不著，就當兩位大人在養精蓄銳吧……

經過一年多的磨練，現在騎士長對很多事情早已看開了……

埃德加確實愈來愈了解夏思思，以閉關苦練魔法爲名，書房裡的勇者大人根本沒有在學習，但她也不是像同伴猜想的在偷懶。這兩天少女纏著卡斯帕詢問有關羅奈爾得的事，大至對方的弱點、小至對方的喜好，夏思思正努力壓榨眞神大人的剩餘價値！

卡斯帕現在才發現夏思思認眞纏起人來那麼煩人。尤其對方不知從哪裡學來的，每當有求於他時，聲音總會變得特別嬌嗲、特別甜，讓卡斯帕忍不住起了一身雞皮疙瘩。

「卡斯帕，你最疼我了，你就陪我們一起去吧！好嘛、好嘛！」夏思思抓住少年的手臂猛搖，忍無可忍的卡斯帕額頭出現了明顯的井字青筋。

漫長的人生中，他首次出現打女人的衝動……

「思思，妳明知道我的力量爲了封印羅奈爾得已幾近耗盡，封印之地更充斥著暗黑力量，我在那裡的力量不比一個普通祭司高多少，根本幫不了你們什麼。」

夏思思用含情脈脈的眼神瞟了少年一眼，隨即嬌滴滴地說道：「老師您什麼也不用做，只要老師您在那兒，學生便會有對抗黑暗的勇氣了。」

卡斯帕打了一個冷顫，忍無可忍地抽出被少女抓住猛搖的手臂：「直說吧！妳到底想怎樣？」

夏思思無辜地眨著眼睛：「人家想要神明的守護，所以你和我一起去啦！」

「妳明知道所謂的神明是假的。」

「也是，老師您好沒用喔！」少女用著甜得發膩的聲音嘆息。

怒！

卡斯帕眞的忍不住要打人了。不過少年衡量過自己嬌小的體格與夏思思肉搏得勝的機率後，還是悄悄把握著的拳頭放下……

最終，眞神大人屈服了。

「算我怕了妳！我去總可以了吧？」

「太好了，下次你就早點答應吧！用這種聲音說話，我都快要被自己噁心死了。」夏思思伸手掃了掃手臂上的雞皮疙瘩。

「……」卡斯帕眞的好想哭。

「卡斯帕你別一臉的不情願，我包準你跟著我們去的話一定會有……」

「會有驚喜？」少年懷疑地問。

「會有驚嚇！」夏思思很乾脆地打破對方的一線希望。

卡斯帕嘆了口氣：「妳這樣說，讓我眞的很想反悔。」

雖然嘴巴上這麼說，卡斯帕卻沒有再說出任何反悔的話。對於前往封印之地，他也許並不如自己所以爲的那般抗拒見到羅奈爾得吧？

雖然喬納森的死讓卡斯帕對闇之神恨之入骨，只要有機會，他一定會毫不猶豫地把這昔日的摯友殺死。

可同時，那個人是這世上唯一見證卡斯帕從低賤的奴隸成爲高高在上眞神的人；要是有天對方不在了的話，少年還是會覺得寂寞吧？

因此卡斯帕對羅奈爾得的感情變得非常複雜。

無論是長期使用神力維持封印的卡斯帕，還是一直被封印著的羅奈爾得，兩人的力量已被削弱至極致。這次的降魔之戰如果夏思思成功加固封印，那麼長年被封印著的羅奈爾得將再也無力支撐至下一個封印減弱的日子。相反地，如果勇者失敗的話，卡斯帕也無力再次封印闇之神。

即將來臨的第三代降魔戰爭，同時也是這對曾經的好朋友、後來的仇敵，決定生死的日子！

所以即使多麼不想看見這張背叛了自己的人的臉，卡斯帕最終還是決定挺起胸膛去面對。就像當年他帶領著人類與這男人統領的魔族，展開驚天動地的大戰一樣！

卡斯帕的眼神逐漸堅毅起來，隨著心態的改變，少年散發出一股驚人的氣勢，讓他那纖弱的身體彷彿變得雄偉！

夏思思雙眼不禁閃過驚異神色。雖然她早就知道卡斯帕並不如他所表現出的那般無害，然而這卻是少女第一次如此直接地感受到對方的不凡。

正是這名長得比女人更美的少年，硬生生將魔族之首封印了漫長的歲月！也是這個人創立了教廷，與王室一起撐起戰後支離破碎的國家！

現在卡斯帕那閃動著神采的寶藍色眼眸眞是太美了！他當年也是以這英勇的身姿站在戰場上的吧？

夏思思忽然有點明白，爲什麼喬納森會對卡斯帕這麼執著了。如果讓夏思思從眾人之中挑選一個人作爲神祇膜拜的話，她一定也會選這個人！

「既然小帕你下定了決心，那我們解決了北方賢者的事情後再回來接你吧！到時你可不准退縮喔！」自從一起旅行後，夏思思便喜歡上用「小帕」這個化名來稱呼眞神大人。

所以說現實眞的很殘酷，夏思思一獲得卡斯帕的許諾，那聲聲甜得發膩的「老師」，立即成了什麼敬意都沒有的「小帕」。

「妳也太現實了吧？剛剛的尊敬呢？沒見過變臉像妳這麼快的人。」嘴巴雖然抱怨，但卡斯帕著實鬆了口氣。畢竟夏思思那副模樣實在太嚇人了點……

看著夏思思笑嘻嘻的樣子嘆了口氣，卡斯帕說道：「還有三天便是約定的雙月之日，雖然現在擁有生命藥劑，要拉攏佛洛德應該不難，但妳要小心羅奈爾得。我不認爲以祂的謹愼會毫不懷疑佛洛德的忠誠，我不希望佛洛德變成另一個亞伯特。」

「放心吧！我會注意的。我反倒覺得黑龍的事並不是闇之神所下的毒手……」說到這裡，夏思思頓了頓沒有繼續把話說完，少女不理會一臉驚訝的卡斯帕，自顧自地轉換話題，道：「另外我打算明天出發。」

「咦！可你們不是約定了在雙月之日……」卡斯帕只覺腦筋轉不過來。

夏思思一臉理所當然地說：「就是因爲我們約定在雙月之日開戰才要明天出發！你想想，要是我忽然提早幾天殺過去，定能打佛洛德一個措手不及！」

「所以妳當初要求布萊恩陛下早早把阿蒂爾城清空……」

不理會卡斯帕目瞪口呆的模樣，少女喜孜孜地解釋：「當然是爲了引佛洛德早點把城鎮佔了。太早攻過去可不行，那時說不定佛洛德還未進駐。現在這個時間剛剛好，我猜此時他肯定已身處阿蒂爾城，但由於離決戰之日尚早，一些大型魔法應該還沒完成，也許就連手下的妖獸都仍未布置妥當呢！嘻嘻！」

卡斯帕完全說不出任何反駁的話。見到夏思思這賴皮的態度他還能說什麼呢？

雖然夏思思常常不按牌理出牌，但明明向對方下了戰書，卻不依照約定日期應戰、選擇提前偷襲這種卑鄙的手段，在卡斯帕漫長的生命中還是頭一遭見識到。

這已經不是戰略層面，而是誠信的問題了！

這可是降魔戰爭！是神聖的降魔戰爭耶！

「這就是妳經常掛在嘴邊的——沒有最卑鄙，只有更無恥？」

「說得眞難聽，在我的世界裡，這叫作兵不厭詐。」

卡斯帕挑了挑眉，對少女這句話深表懷疑。眞神大人又不是沒到過地球，他知道在地球各國的紛爭裡，再卑鄙的手段也要顧及國家顏面。

就如那自稱爲「世界警察」的國家，每次侵略他國不也是打著正義的旗號，吹噓著要解放當地人民、給予他們民主與自由嗎？雖然誰都看得出來這國家根本不安好心，可是不論別人怎樣想，人家的那塊遮羞布還是捂得緊緊的。

哪像眼前的勇者大人，已經完全是不要臉的境界了……

卡斯帕假咳了聲：「算了，即使我反對妳還是會堅持己見對吧？不過我醜話說在前頭，除非你們對佛洛德招降失敗，否則教廷與國家不會出手幫忙的。在此之前，所有事情你們要自行處理！」

本來卡斯帕還打算進攻阿蒂爾城時，讓整隊第七小隊的聖騎士陪同夏思思攻城，可聽到少女的戰略後，大祭司大人立即改變了主意。他可不希望夏思思實行這卑鄙無恥的突襲時還扯上教廷，畢竟她不要臉，教廷與國家還是要臉的。

「不過妳這麼做眞的妥當嗎？還是再考慮一下？」

夏思思熱淚盈眶地霍然抬頭：「小帕，看不出原來你這麼關心我，人家好感動喔！」

「不……妳多想了。」他只是擔心教廷的聲譽會在勇者的連累下受到毀滅性的打擊。

明白卡斯帕的顧忌，少女安慰道：「放心吧！只要我們成功招降佛洛德，那麼他就變成『自己人』了，自然不會公開這件醜事。」

「原來妳也知道這是見不得光的醜事嗎!?那萬一佛洛德真的對羅奈爾得忠心耿耿呢？妳打算怎麼辦？」雖然卡斯帕覺得這個可能性不大，但他就是故意想爲難一下夏思思，能讓她打消這個卑鄙的念頭更好。

「那更簡單，到時候已經到了不是你死便是我亡的地步。要是我們戰敗的話，全人類都會死光光，那就什麼也不用說；要是我們勝出的話……沒聽過歷史都是由勝利者書寫的嗎？」

「敢情妳早就打著不聽話便把人滅口的主意了，到底是誰常常說自己是個和平主義者的？」

夏思思睜著一雙清澈的眼睛：「我是和平主義者啊！因爲熱愛和平所以選擇先

招安敵人，我真的好善良喔！」

卡斯帕嘴角一抽。要不是他體格纖弱，與夏思思肉搏沒有必勝的把握，他真想一拳粉碎這副無辜的表情！

「其他人就算了，想不到埃德加竟然會讓妳如此胡來。妳到底是怎樣說服他的？」少年揉了揉額角，他覺得頭痛又胃痛，忽然有點明白埃德加平常的辛勞。

夏思思笑道：「那不關我的事，說服埃德加是艾維斯的工作，他自願幫忙的。」在露台那時，艾維斯向少女所說的建議就是這個突襲計畫，夏思思還滿意外青年與自己有著相同的想法。

想到那個埃德加總是拿他沒辦法的青年，卡斯帕知道這次勇者大人那不要臉的突襲是釘在鐵板上的事情了。

無關雙方的戰力指數，艾維斯認真起來的話，埃德加根本沒有任何勝出的指望啊！

少女拍心口保證：「這件事放心交給我吧！小帕你只要準備好等我們回來接你就好。」

夏思思愈是說得豪情萬丈，眞神大人愈是感到眼皮狂跳。

地球的說法到底是啥？左吉右凶還是右吉左凶？

「妳要求的事我已經答應了，就不要繼續留在這兒嚇我。思思，妳往後再有什麼鴻圖大計我一點兒也不想知道，省得有天忍不住大義滅親。」

夏思思向少年舉起拇指：「到地球跑一趟後，連中國的成語也學懂了，了不起！」一點兒也不在意自家老師一副把自己列爲麻煩人物的神情。

卡斯帕正被夏思思搞得一個頭兩個大，才不會因她幾句奉承話沾沾自喜，反倒露出警惕的表情，道：「還有什麼事嗎？」

以少年對夏思思的認識，她這樣子準沒好事！

勇者大人笑道：「其實也不是什麼大事情啦！只是想向你取回我的東西。」

卡斯帕聞言挑了挑眉，雖然沒有說話，但神情明擺著在說——我什麼時候拿過妳的東西了？

夏思思眨了眨眼，說：「老師您眞是貴人事忙，你忘記我把聖物碎片都交給你代爲保管了嗎？現在都快要打ＢＯＳＳ了，是時候把它還給我了吧？」

卡斯帕敲了敲少女的頭：「不集齊所有碎片便無法將聖劍復原，我現在給妳也沒用。妳也別淨是想走捷徑，還是快收回伊妮卡身上的碎片才是正途。」

夏思思嘀咕：「小氣，我不就只是好奇嗎？明明就是我辛苦收集回來的東西，卻沒多少時間拿在手裡。」少女說話的聲音不大，卻是故意讓卡斯帕聽見的音量。

卡斯帕氣得笑了：「那好啊！我就先把這些碎片融合進寶劍裡讓妳帶走。」

少年這招可眞是毒辣，嚇得夏思思連忙搖首：「不！你可別害我！小埃一直擔心我拿到聖劍後不會使用，你這不是故意去刺激他嗎？」

卡斯帕好奇地問：「妳就不怕到時候聖物眞變成了聖劍，結果空有寶物卻用不上嗎？」

夏思思聳了聳肩，道：「別人都誤會了，但我會不知道嗎。既然聖物會因應主人變化成最合適的武器，到了我的手上，自然不會像前幾任勇者一樣幻化成劍呢！當初在你的手上，不是變成了法杖嗎？」

卡斯帕想了想，也覺得少女言之有理，以夏思思的性格，聖物要崩壞得多徹底才會在她手中變成劍咧？

「不過最後一枚碎片都要到手了，怎麼精靈對我們還是愛理不理的呢？明明預言說——星辰墜落於野獸之地，綠色種族將為星星的引路者。白色淡化殺戮的紫，森林的榮光即將重現。怎麼我看起來完全不像是這一回事？」

「精靈族確實為你們提供了不少幫助吧？至少你們能這麼快回到王城，也是託精靈王契約魔獸的福。」

「可是克里斯說精靈族不方便介入其他種族的紛爭，既然我們都安全回到王城了，天鈴鳥就只能再借我們使用一次。」夏思思說得很委屈，自從使用過天鈴鳥那麼方便的「交通工具」後，馬匹什麼的真的弱爆了。

卡斯帕道：「我倒覺得預言沒有錯，精靈族不是以此為契機重新與人類搭上線了嗎？至於雙方要恢復實質上的邦交，也許這預言會應在莉蒂亞身上。」

「也就是說要等到小公主長大，我才能再次外借天鈴鳥嗎？」夏思思雙眼一亮，不知道她到底是怎麼得出這個結論的……

揮了揮手，卡斯帕的動作活像在驅趕煩人的蟲子：「好了、好了，沒事妳就走吧！不是說明天一早便出發嗎？」

夏思思抿了抿嘴後說道：「好吧！你記得把碎片準備好，到時候交給我，可別私藏喔！」

「誰會私藏啊？那原本就是我的東西好不好⁉」

# ch.3 突擊開始

在卡斯帕強烈要求下，天才剛亮，夏思思等人便像做賊般偷偷地從王城出發，比約定日期早兩天突襲身處阿蒂爾城的佛洛德。

對於將要來臨的惡戰，克里斯保持堅決的中立態度。雖然精靈族與安普洛西亞王國的前身菲利克斯帝國有舊，但他們決意不涉入卡斯帕與羅奈爾得之間的鬥爭。

夏思思曾從古籍中得知這個世界的確曾發生過眞正的降魔之戰，那時多個種族結成聯盟把魔族驅逐回深淵之地，而精靈族則是種族聯盟中的主要戰力之一。

也許在這些長壽無比、當年參加過眞正降魔戰爭的精靈族眼中，眞神與闇之神的紛爭就只是在玩家家酒而已。

畢竟從前的降魔戰爭威脅著全世界，可現在卻只是兩個假的神明在狗咬狗。

這也解釋了爲什麼精靈族曾是對戰深淵魔族的主要戰力之一，這次卻如此決絕地龜縮於精靈森林拒絕出面。

「莎莉絲亞會把你們傳送到阿蒂爾城，我則留守在這裡直至事情結束爲止。除非莉蒂亞殿下遇上危險，不然我不會出手。精靈族不會過度介入任何種族的內部紛爭。」

夏思思看著克里斯堅定的神色，撇了撇嘴，打消了說服對方的念頭。心想這次的降魔戰爭是不用指望他了，至於打動精靈族這任重而道遠的任務還是交給小公主吧！有艾維斯在她背後給予建議，相信莉蒂亞重新與精靈族建立邦交也只是時間早晚問題而已。

政治這種東西不是夏思思的專長，因此勇者大人也就不蹚這渾水了，只是對不能長期租借天鈴鳥這點感到無限怨念……

爲了隱瞞眾人的動向，這次前來送行的人不多，只有知道內情的幾個人。與夏思思等人以往遠行狀況不同，這一次他們是去戰鬥，動輒便會丟了性命無法回來，因此即使是安朵娜特也難得收斂了她的脾氣沒有與夏思思拌嘴，安靜地前來送行，害夏思思想要逗一逗公主殿下也不好意思。

解除魔化的艾莉早已換上了合身的聖騎士裝束，重新剪短頭髮的她顯得英姿颯爽。

雖然本就不是勇者團隊的一員，但艾維斯自從在亡者森林選擇與夏思思同行後，便一直和大家在一起。現在看著同伴去拚命自己卻留在王城裡，這讓青年不禁生起想與眾人一起離開的衝動。

還好艾維斯一向處事冷靜、知進退，沒有頭腦發熱地把話說出口。他很清楚自己的身手在普通人之中算得上一流，然而對上北方賢者那種程度的戰鬥，完全不懂魔法的自己若跟著去，也無法幫上忙的。

現在己方有藥劑在手，賢者要嘛是答應招降成爲同伴，要嘛是雙方戰得不死不休，已不存在任何爭議空間，因此他這個說客也就不跟著去添亂了。

「思思，保重。」把少女緊緊抱在懷裡，眼角餘光看到埃德加黑起來的臉，艾維斯愉悅地勾起了嘴角。

夏思思毫不介意艾維斯小小地吃豆腐，反而伸手反抱著青年並拍了拍他的背，兩人一副難捨難分的模樣。

「依據我的猜測，那位黑翼小姐應該不會放任佛洛德獨自涉險。如果她也在阿蒂爾城的話，那佛洛德必定不會把事情做得太絕；所以，只要有伊妮卡在的地方，肯定會留有一線生機。談判的時候不妨多朝伊妮卡下手，她將會是北方賢者的最大弱點。」

夏思思揶揄：「這些話你用得著說得那麼鬼祟嗎？」

艾維斯笑道：「伊妮卡可是葛列格的親姊姊，我說這番話已很對不起他了。何況你們成功招降佛洛德的話，我身為莉蒂亞的老師，將來有的是與北方賢者來往的機會。思思妳偷襲一事佛洛德也許不會在意甚至還會為妳遮掩；可是我教妳去計算他的寶貝，被發現的話他絕對不會善罷干休。我可不想被大名鼎鼎的北方賢者記恨著吶，想想便覺得可怕！」

□

早在居民盡數撤走以後，阿蒂爾城便被佛洛德佔領。正如眾人所料，約定的決戰日期成功麻痺了佛洛德備戰的效率。畢竟北方賢者再聰明，也絕對想不到勇者大人會做出如此不顧自己名譽之事。要是這事被民眾知曉，一人一口唾沫也足以把她溺死了！

所以賢者大人很悠閒、淡定，一點兒也不急。也因伊妮卡堅持要待在他的身邊，爲了愛人的安全，男子花費了不少時間不厭其煩地在城鎮裡設置了大量的結界與陷阱。

身爲投靠了闇之神的人類叛徒，佛洛德所能調動的妖獸其實不多。也許是因爲他從來沒有眞正做出什麼傷天害理的事，因此闇之神總是對他有著淡淡的警戒。

幸好闇之神雖然沒有眞心相信他，但這位神祇對部下還是非常大方。在流著魔族血脈、能夠隨意與闇之神聯繫的伊妮卡請求下，大群妖獸進駐了阿蒂爾城，甚至還有五名高階魔族聽任佛洛德差遣。

雖然這些高階魔族對佛洛德來說是非常強大的助力，可是他對這些奸狡嗜血的生物實在沒有任何好感。就算是待在他身邊數年的里克與克奈兒，要不是伊妮卡喜歡他們，佛洛德一開始根本看也不會看這兩人一眼。只會將那兩名空有可愛外表、卻手段殘忍的「怪物」視爲對抗教廷的武器。

後來，那對雙胞胎對彼此的感情讓他詫異。他們徹底打破了佛洛德對「魔族沒有感情」的認知，即使他們是不同於人類的物種，即使他們陰險、嗜殺、狡獪、殘忍，但不能否認他們像人類一樣有感情、思想，把魔族視爲沒有靈魂的物種實在是一種偏見。

「佛洛德？」看著一臉沉思的戀人，伊妮卡有點擔憂地輕喚對方的名字，伸手想撫上男子英俊的臉龐。

佛洛德拉過她的手讓對方掌心貼上自己臉頰，也許因爲體內流著魔族血液的緣故，伊妮卡的體溫一直比尋常人來得低。雖然明知於事無補，但佛洛德總會握住她的手，期望能讓那雙纖弱的柔荑增加一點溫度。

伊妮卡一雙眸子彷彿會說話似地寫滿了擔憂，明明是妖異的異色眼眸，可長在這女子身上卻透露出一種柔和寧靜的氣息：「在想什麼？」

「在想那個小賊。」

聽到戀人的回答，伊妮卡不禁笑了出來。隨即嬌嗔道：「人家可是拯救世界的勇者大人，你怎麼能這樣說她？」

佛洛德一臉無辜地道：「可明明就是她偷了妳的水晶球，那可是我送給妳的禮物。」

想起那對相依爲命、性格與自己同樣倔強的雙胞胎，伊妮卡幽幽地嘆了口氣，說：「他們跟在勇者大人身邊也未嘗不是好事，只要那兩名孩子活得好好的，我就安心了。」

說到里克與克奈兒，伊妮卡這才想起闇之神派給他們的強援。「那幾名魔族先生呢？」

聽到戀人提及那五名高階魔族，佛洛德那猶如水晶般的紫羅蘭色眼瞳閃現出一絲不悅，聲音也隨之變得冷硬起來：「我把他們都派出去了，這種東西留在身邊只是礙眼。」

佛洛德可沒忘記伊妮卡之所以受了那麼多苦，追根究柢還是因爲魔族的存在。要不是受遭到教廷追殺的他們需要尋求闇之神的庇護，佛洛德絕不想讓戀人再與魔族有任何關聯。

低階妖獸也罷，牠們只是些沒有智慧的畜生，殺人吃肉還說得過去。偏偏進化成高階魔族後能化人形、生靈智，卻仍改不了凶殘的性格，這比懵懂無知的殘忍更令人感到心寒。

知道佛洛德對魔族的厭惡，同樣對那些援兵印象不佳的伊妮卡也不多言，只是有點惋惜地說：「爲什麼就只有勇者大人身邊的那位奈伊先生沒有被暗黑力量沾染呢？」

即使是里克與克奈兒，伊妮卡照顧了他們那麼久，那兩人仍是不聽勸阻地以殺人爲樂。

他們倆在靈魂打散後，被佛洛德合而爲一成了新的生命，再次變成妖獸的小妖還是改不了魔族狠毒的本性，只是由於牠憑藉著夏思思的魔力而生，靈魂中有著以少女爲主的天性，在夏思思的約束下才沒有釀成大禍。

聽到伊妮卡的問題，佛洛德也面露不解。

「這也是我一直想不明白的事。縱使那人沒有承繼魔族那凶殘嗜殺的天性，可由妖獸進化成高階魔族需時長久，過程中還得吸納大量闇元素，再善良的心性也會被闇元素裡所包含著的惡意濡染。唯一的解釋是他從一開始便是人形的高階魔族，並不是由妖獸進化而成……」說到這裡，佛洛德因爲這個荒謬的猜測而笑了──那根本就是不可能的事。

如果卡斯帕或夏思思聽到這番對話，他們一定會說——賢者大人，你猜對了！

佛洛德與伊妮卡百思不得其解，也只能把奈伊歸類為天賦異稟。反正這個人究竟是正是邪也不關他們的事。

雖然深知佛洛德辦事妥當，但伊妮卡還是不禁擔心地問：「我知道你討厭那些魔物，可是把他們調離那麼遠沒關係嗎？」

佛洛德笑道：「放心吧！這段時間我已在城鎮四周設置了多重結界，再配合大群妖獸的防禦，勇者等人要進入城鎮可謂難於登天。再加上五名高階魔族各自守護在城鎮四周，相信等他們來到我們面前時戰力已是大打折扣了。」說到這裡，佛洛德頓了頓，隨即認真地允諾：「伊妮卡，我不會讓任何人傷害妳的！」

伊妮卡頷首，刻意忽略戀人痛苦的神色。

她知道佛洛德不喜歡殺人，也明白對方的痛苦，可是現在他們早已沒有任何退路了。

伊妮卡其實很怕死，她害怕離開佛洛德的身邊，害怕死後會到一個沒有他在的地方，也擔憂她的逝世會讓佛洛德做出瘋狂的舉動……

還記得當年因爲她受了傷，佛洛德便把王城化爲一片火海。伊妮卡爲對方的眞情感動之餘，卻仍止不住地心疼。

如果佛洛德沒有遇上她的話，也許現在還是受人敬仰的北方賢者，不用揹負著背叛人類的罪名。

可她並不問佛洛德後不後悔，她知道對方對自己的感情，問這個問題簡直是對戀人的侮辱！

就像她願意爲了佛洛德做任何事情一樣，她相信只要是爲了自己，無論做什麼佛洛德也都甘之如飴。

就在兩人各懷心事之際，城東突然出現數股強大的氣息，那是該區的高階魔族正與某人戰鬥！

□

身處於領主府內的兩人並不知道，他們認爲穩當的防守，對夏思思等人來說根本沒有任何意義。

因為佛洛德千算萬算也想不到夏思思早與精靈族「勾搭」上了，還讓精靈王出借他的契約魔獸天鈴鳥！

結果佛洛德把根據地外圍打造成銅牆鐵壁，夏思思等人卻直接連接空間通道於防衛網內出現。然而最讓賢者大人意外的，卻是夏思思竟無視當初的約定，在雙月之日來臨前便發動了攻擊！

先前眾人早就猜測佛洛德佔領阿蒂爾城以後，十居其九會在城鎮中央的領主府裡，因此當天鈴鳥進行空間傳送時，夏思思便要求把目的地定在那裡。

可惜人類之中對空間魔法了解最深的人非佛洛德莫屬。雖然不知道夏思思身邊多了一隻天鈴鳥，可是對於有伊妮卡在的領主府，佛洛德還是盡了最大的力量設置多重結界。其中就有把四周空間連接入黑洞的結界——要是有人闖進去，便會立即被單向傳送至盡頭之地！

勇者一行人很不幸地正好把傳送的出口定在此結界的範圍裡，雖然天鈴鳥反應快，瞬間更改座標，但倉促之下卻把眾人傳送至領主府外不遠處，還好死不死地撞上其中一名正在外面巡查的高階魔族！

只能說，夏思思等人的運氣眞的太背了，就連偷襲敵人也能頻頻出意外……

把勇者一行人送出空間通道後，完成任務的天鈴鳥沒有繼續逗留，鳴叫一聲作爲道別後倏地消失了，留下勇者等人與那名高階魔族大眼瞪小眼。

勇者等人看著眼前滿身煞氣、高大的黑衣男子，全都呆住了；而那名高階魔族也好不到哪裡去，任誰在巡邏時眼前以非常理的姿態出現一大群敵人時，必定也會瞬間驚訝得做不出任何反應。

很快雙方便反應過來，不約而同地怪叫一聲、迅速退後拉開彼此的距離。夏思思把風元素加在腳下，而那名魔族卻單純以身體力量後退，速度竟不遜於使用魔法的夏思思，可看出高階魔族優秀得變態的體能！

後退的同時，男子手一揮，數道由闇元素組成的黑色刀刃平空出現，來勢洶洶地朝夏思思擊去！

少女本就不擅近身戰，加上沒有水靈自主防護，夏思思調動魔法的速度慢了半拍不止。水靈在的時候，這種狀況根本用不著她費心，自有水靈護主。以前的戰鬥可說是夏思思與水靈聯手抗敵，現在不光成了單打獨鬥，對象還是個從滿身煞氣就可以知道絕對是身經百戰的高階魔族，立即曝露出夏思思戰鬥方面經驗不足的缺點。

雖然少女的反應不算慢，在對方出手的同時便調動出一道水盾防衛，但她顯然忘記現在使用水系魔法已沒有以前的奇效，結果順著以前手感來輸入魔力的水盾，阻擋了兩枚刀刃後就被攻破了！

此時「轟」地一聲，卻是藏於少女影子裡的黑影化爲一張巨網，把射向夏思思的幾枚刀刃包裹住後便退回地上。

黑影化成巨大的網子，張開吞噬刀刃時完全遮住了魔族的視線，卻又在敵人驚疑不定之際退回地面，融合成一道普通的少女影子。

魔族還來不及看清楚那道既不是魔族、又沒有不死生物腐朽氣息的黑網到底是什麼東西，卻再度被逼得迅速往後退。

因爲在黑影化爲網子遮擋視線時，一頭尾巴燃燒著紫焰的小貓從夏思思的身後撲出！

小妖長長的尾巴往敵人用力甩去，尾端的魔焰隨即分裂出一部分，並膨脹成一顆足有排球大小的火球！

看清楚攻擊自己的只是頭小妖魔，魔族男子便不再後退，反而冷笑著伸手往火球抓去。雙方明顯的位階差距，在男子心裡，一頭小小妖獸所使的魔焰他根本完全不放在眼裡！

然而下一秒，魔族男子便發出一陣淒厲的慘叫聲！

高階魔族確實不用懼怕妖獸的魔焰沒錯，可是小妖卻吞噬了幾枚紅袍法師湯馬仕所製的破魔之箭，讓牠的火焰裡蘊含著一股奇特的銳金之氣。結果當男子一手抓向火球時，火焰竟如刀刃般硬生生穿破魔族的手，隨即就像一支脫手的箭矢般往敵人胸口射去！

不久前利用與魔龍的實戰經驗作磨刀石，小妖已能隨心所欲地把融合了銳金之氣的魔焰當作臂膀般使用。高階魔族的體質再強也比不上魔龍防禦的能力，當初小妖對戰魔龍討不了好，可不代表現在也一樣。

一打照面便吃了個暗虧，但魔族男子反應迅速，在劇痛下伸出沒有受傷的左手凝聚著魔力再度往火球抓去，原本完好無缺的手握上火球後瞬間出現多道割傷，就像有數道看不見的刀刃在火球四周盤旋著一樣。

「眞是可惜了……」看著逐漸熄滅的火球，夏思思小小嘆息了聲。小妖這種把銳意當作小刀刃般隱藏在火球裡、在接近敵人時爆發出來的陰險攻擊，正是與夏思思一起構思出來的，練習時少女可是親眼看過一棵大樹就這樣「啪嚓」地應聲斷裂。要是那名魔族的反應不夠快，沒有下定決心犧牲雙手全力阻擋的話，這突如其來的一擊說不定就可以幹掉他了！

雖然少女懊惱著無法對魔族造成太大傷害，可一頭低階妖獸竟然擊傷人形魔族後還能全身而退，這已是非常了不起的戰績！要知道即使是這名魔族輕敵在先，但雙方的位階差距明顯擺在眼前啊！

魔族男子心裡也不禁大驚，他怎樣也想不明白這群人到底是如何越過外面層層的防衛闖進來，害他孤身一人陷入危機中；也不明白這頭妖魔爲何能如此變態，竟一擊便讓自己吃了大虧。

他看了看這人數不多、氣勢卻不容小覷的團隊——一名女魔法師、四名聖騎士，再加上一名高階魔族——這組合他一點兒也不陌生，瞬間男子便猜到夏思思等人的身分了。

催動著闇元素聚集於雙手傷口上，魔族男子甩了甩手上的鮮血，便見傷勢以肉眼可見的速度癒合，很快地，一雙手再度變得完好無缺。

雖然看起來很神奇，但其實這名魔族卻是有苦難言。

魔族雖然有強大的自癒能力，可他們並不是長生不死，受到重傷一樣會死亡。面對強敵時雙手受創，將會處於非常不利的位置，於是他只得催動闇元素入體來加速傷口的自癒能力。

聽起來好像很厲害的樣子，但其實過量的闇元素會造成身體負擔，過一段時間後便會產生虛弱的副作用。

因此當男子的傷勢復元後，他立即捨下眼前一群入侵者，轉身便逃！

眾人頓時傻眼。想不到這名剛剛還很有氣勢戰鬥著的高階魔族竟然說跑就跑，一時沒人能反應過來，只呆呆看著男子奔跑的背影。

隨著男子的逃竄，他腳下竟浮現了一枚又一枚的黑色鞋印。不像平常人踏在泥地時陷下的鞋印，它們更像是雙腳蘸滿墨水的人，在石板地上踏出的一枚枚黑色鞋印。

這些鞋印幽深、清晰、黑如墨，竟開始如同滴落水中的墨水於地面化開，遠看就像一個又一個黑色的小水窪！

在這些由鞋印所化成的黑色水窪中，爬出了一隻隻妖獸，很快地，這一區由魔族男子所統領的妖獸，全部都從他腳下所生的水窪中跑出來了！

# ch.4 水靈甦醒

看到追上來的夏思思等人被自己召喚出來的妖獸拖住了腳步，魔族男子冷笑著沾沾自喜。他又不傻，如果沒有依仗的話，怎會如此輕率地背著敵人逃跑？

他與一出生即是高階魔族的奈伊不同，這名魔族是由妖獸一步步進化成人形的，在這進化途中不知殺了多少人、經歷過多少戰鬥。背向敵人逃跑這種傻事只有沒有戰鬥經驗的菜鳥才會幹，這麼做只會讓自己死得更快。

受到妖獸阻攔的勇者一行人分身乏術，魔族男人停下了逃竄的腳步，轉身饒有趣味地觀看眾人被妖獸圍攻的模樣。在男子轉身的瞬間，眾人正好看到一卷被撕破的魔法卷軸正迅速自燃成一縷灰燼。

艾莉生氣地跺了跺足，「佛洛德那傢伙是存心氣死我嗎⁉竟然把空間卷軸交給魔族使用！」

不止艾莉，其他幾名聖騎士的神情也不是很好看，就連奈伊也露出不贊同的表情。

同樣身為魔族的他自然不會對魔族這個身分有任何偏見，只是剛見面時奈伊便感受到敵人的力量充斥著殺戮與血腥味，對方每一次的攻擊彷彿伴隨著受害者的哀號。這讓奈伊對他生了殺心，要是讓他安然離開的話，不知道還會有多少人死在他的手裡，因此奈伊對於給予這名男子魔法卷軸的佛洛德，自然也沒多大好感了。

夏思思雖然也不贊成佛洛德的選擇，可同時卻對賢者的魄力表示佩服，把這視爲一種借刀殺人的表現。要是讓她站在對方的立場，也許也會做出與佛洛德相同的選擇。

站在佛洛德的立場，夏思思他們是來殺人的，而過來幫忙的魔族也不是什麼好鳥，因此讓雙方先自相殘殺一番，自己坐收漁翁之利就好了。

其實賢者把空間卷軸交給魔族一方使用也很正常啊！畢竟人家是來幫忙的，佛洛德自然要多向著他們一點吧？

至於說到種族大義，就更加不是夏思思所在意的了。如果少女眞的是悲天憫人的救世主，當初卡斯帕問她拯救世界的問題時，她就不會那樣回答了。

夏思思之所以如此乖巧地順著眾人的意思去拯救世界，除了爲保全自己的小命以外，也是希望能夠保護在這裡所認識的朋友們。說白一點，少女心中的天秤遠遠傾斜於自己，以及她所重視的人。要是她喜愛的人都不在這個世界上了，那對夏思思來說人類是否滅亡也許已經不再重要了吧？

姑且不論眾人看到卷軸瞬間的所思所感，魔族男子再度取出一卷魔法卷軸，並在勇者一行人面前一臉挑釁地把它撕破！

五名高階魔族，佛洛德各給了他們兩張魔法卷軸，兩幅卷軸封印了兩道不同的魔法。

一張封印著把妖獸大軍召喚至卷軸所在地的魔法；而另一張則是把撕破魔軸的人傳送回領主府裡！

在卷軸被男子撕破的瞬間，封印在裡面的空間魔法立即啓動。男子身前出現一個巨大的黑洞，只要他往前一跳便能成功逃離眼前的危機！

在往黑洞躍去的同時，魔族男子發出一陣張狂的大笑，更高聲揚言他必定會報這一戰之仇！

男子張狂的舉動氣得性子最爲暴躁的小妖發出憤怒的咆哮，就連夏思思等人也感到一陣不爽。可惜妖獸的出現太突然，被圍攻得手忙腳亂的眾人根本抽不開身追擊，只能看著對方在他們的眼皮下即將囂張離去。

就在魔族男子要跳下黑洞逃離之際，一張黑色的巨網籠罩在黑洞表面，正往下躍的男子於半空中無法閃避，結果整個人落入了黑色大網中！

這張巨網是黑影變幻而成的，眾人被妖獸阻擋之際，就只有藏匿在少女影子裡的它能自由活動，在沒有任何妖獸察覺到的狀況下，潛伏於魔族男子的影子裡伺機而動。

黑影的攻擊力並不算強，甚至比小妖還弱。可它的隱匿性再加上千變萬化的外型卻非常致命，就像這次它根本沒有主動出擊，完全是敵人自己往它身上跳。

只見巨網將男子捕獲後，繩子快速變粗，繩與繩之間的空隙瞬間收窄，最後整面網子全都被黑色填滿，魔族男子也由跌進網子的狀態，變成了被困在一只黑色垃圾袋裡……

雖然網子變形後眾人就看不見困在裡頭的敵人了，可是看著黑影的身體不停突起又凹下，便可知敵人掙扎得有多激烈。

面對敵人的拳打腳踢，黑影拿出當初困住小妖時的無賴態度，任憑怎樣蹂躪它都不予理會，就是死死把人困在裡頭。

過了一會兒，敵人的掙扎逐漸弱了下來，黑影「咻」地一聲便退回夏思思的影子裡。

「這是啥東西!?」不知黑影存在的泰勒差點把手中大劍往它身上招呼，就連早已看過一次黑影現身的其他幾名聖騎士表情也不太好看，畢竟剛剛的畫面實在太驚悚了點。

夏思思擔憂地問：「這樣沒關係嗎？」

那可是高階魔族耶！要是把黑影撐破了那怎麼辦!?

奈伊向少女安撫一笑：「放心，它正在消化食物，在食物未完全消化之前，這是正常現象。」

「消化……」夏思思不禁想起紀錄片中巨蟒吞食大型動物的畫面……早知道她就不問了！

隨即少女擊退了幾頭張牙舞爪往她撲上去的妖獸後，偷空看了看自己腳下那完全沒有絲毫異樣的影子，喃喃自語道：「黑影你……究竟是什麼呢？」

雖說那名高階魔族受傷在先，而黑影也是因爲偷襲才能成功抓到對方，但直接把一名高階魔族吞進肚子裡這也太強了點吧？

仔細一想，黑影雖是以闇元素爲食的生物，可它既不是魔族、也不是不死生物。根據奈伊的說法，黑影比他這個高階魔族更接近純粹的黑暗。夏思思一直很好奇黑影的身分，可惜這個影子護衛除了必要時才會現身；平常都與普通影子無異。而且經過觀察，黑影似乎不會說話，害夏思思不知道該怎麼解疑。

無論如何，黑影現在是夏思思的護衛，它的實力愈強、對眾人愈有利這點還是獲得大家認同。深知眼下不是糾結於這種事情的時候，夏思思對黑影身分的疑惑只一閃而過，很快便再度專注於戰事。

隨著魔族男子被黑影「吞下肚」，源源不絕召喚出妖獸的水窪與黑洞也隨之消失。眾人才剛鬆口氣，這場戰鬥所發出的聲響卻吸引了另一波妖獸。

蟻多也能把大象咬死，何況這裡還有更爲棘手的敵人。夏思思猜想，這座城鎮的高階魔族一定不止一人，剛剛他們之所以那麼迅速便把敵人解決了，主要是因爲黑影的攻擊太特殊，讓對方始料未及。

看黑影眼下大腹便便的模樣，應該得要花大量時間消化吧？同一個手段暫時不能再次使用了。

況且除了高階魔族，他們還有更爲可怕的敵人——北方賢者！

他們這次雖然把決戰掛在嘴邊，但主要的目的卻是以藥劑作爲招降的條件。沒有帶軍隊一起闖進來，就是想以最快、最隱密的方式殺到佛洛德面前。

但因羅奈爾得對魔族有著絕對的掌控，伊妮卡雖只是一名受到魔化的人類也一樣！

即便之前艾莉身上的魔族氣息不多，可每隔一段時間仍需要祭司在她的身上加持眞神的祝福壓制身上的魔性。否則身爲闇之神敵對的一方，艾莉早就與亞伯特有同樣的下場了。

因此勇者等人必須到達佛洛德面前，才能公開藥劑的事，不然只會讓闇之神把伊妮卡作爲人質而已。

雖然在天鈴鳥的幫忙下，眾人成功越過了外層結界、神不知鬼不覺地進入城鎮內部，然而他們的運氣實在背了點，雖成功轉向卻遇上其中一名駐守城鎮的高階魔族。最終的確消滅了敵人，但也被拖住腳步太久，甚至因爲敵人召喚出來的妖獸惹出很大的騷動，看著眼前這些如潮水般湧來的妖獸，夏思思都想哭了。

鱗尾、壁魔……蜂擁而上的妖獸種類可說五花八門、應有盡有。除了夏思思在旅途中曾遇過的妖獸外，還有不少是少女從未見過的品種，顯然這次決戰北方賢者是下定決心要把勇者等人往死裡整了。見狀，夏思思不禁慶幸自己夠卑鄙選擇了提前偷襲，不然以這裡妖獸的數量來看，絕對會是一場苦戰。

當然這是在只出動勇者等人、以說服佛洛德爲主要任務的前提下；人類一方的軍隊與民間高手也不是吃素的，要是人類陣營不要命地把人往戰場裡送，到時候鹿死誰手還不一定呢！

可現在有了其他打算，因此人類的軍隊還結集在王城、西方要塞與阿蒂爾城外等三個地方待命。萬一勸說失敗，勇者便會放出信號彈通知城鎮外的軍隊，此時軍隊裡的魔法師將會強攻進城鎮裡。

根據文獻記載，前兩任勇者是在闇之神快要破開封印的瞬間重新加固封印的，此時妖獸受到澎湃的暗黑之力影響會變得更具侵略性，王城、封印之地會是他們主要攻擊的地點。

依照卡斯帕的預測，無論是祂還是闇之神，雙方的神力經過這麼多年互相削弱已幾近枯竭，因此這次的降魔戰爭將會是最後一次。不是夏思思成功永久封印羅奈爾得，便是封印撐不住闇之神的攻擊而破碎。無論如何，少女都希望能夠在重新封印闇之神以前盡可能地保留戰力。王國的戰士不該死在北方賢者之手……死在這個人類曾經的榮耀手裡！

因此夏思思早已下定決心，要把北方賢者從魔族手裡搶回來！

如怒潮般來勢洶洶的妖獸無論什麼種類，即便與勇者等人對戰，戰鬥力處於絕對劣勢，仍舊前仆後繼地往前衝，那毫不畏懼死亡的模樣令人打從心底感到一陣寒意。牠們對生命的無畏並不像那些爲了種族大義的士兵是出自於自身強大的信念，而是像沒有情感的傀儡般聽命行事。這讓夏思思產生眼前的並不是妖獸，而是一群冷冰冰機械的錯覺。

自從穿越至這個世界，夏思思從沒有這般深刻地理解人類爲何認爲魔族根本沒有心。

這些妖獸強悍不畏死，即使對上奈伊也完全沒有因階級的差距而遠遠繞開，反而更加瘋狂地撲向他。只見男子幻化出黑色刀刃把近身的妖獸盡數斬殺，可是敵人卻接連不斷，讓沒有太多戰鬥經驗的奈伊手忙腳亂。

夏思思凝聚出一顆又一顆水珠子將其如子彈般迅速射出，面對這種威脅不大的低階妖獸，少女秉持一貫作風將勞動量減至最低。

小妖護在夏思思身旁，對於迎敵牠顯然興趣缺缺。除了偶爾從尾巴甩出幾道魔焰消滅漏網之魚外，就沒有任何更積極的攻擊了。

埃德加與凱文的長劍上浮現起淡淡聖光，夏思思注意到無論妖獸有多厚的皮毛或再堅硬的甲殼，遇上聖光時都像冰塊碰上火棒般被輕易破開。

艾莉的攻擊最多元化，祕銀配合攻擊變幻出不同形態，給人眼花撩亂之感。

泰勒則是所有人中攻擊力最強、攻擊範圍最廣的人。在他一身怪力下，附上聖光的大劍每一橫掃便有大群妖獸倒下，可謂氣勢驚人！

「思思，我感受到四股強大的暗黑魔力正從城鎮外圍快速往我們前進，以這種速度很快就會和我們碰頭了！」

聽到奈伊的話，眾人的攻擊立即變得更為猛烈。就連一臉打醬油的小妖，也在夏思思的示意下開始認眞肅清圍攻眾人的妖獸。

迎擊之間，眾人有目的地朝領主府前進。天鈴鳥把傳送的座標設在城鎮的正中位置，雖然因為結界的阻擋而使座標有所偏移，但目前位置仍然非常接近敵人的大本營，因此雖然被妖獸拖住了腳步，但勇者等人仍是很快便來了到保護領主府的結界前。

現在阻擋在眾人面前的只剩下這道強悍的結界，至此夏思思不再吝惜魔力，一顆又一顆巨大的水球不要錢地往結界上砸。

雖然沒有元素精靈幫忙的夏思思無法使出太精細的魔法，但有著強大魔力的她，一身攻擊力絕對不容小覷。要是其他魔法師接連使出如此耗魔的招式只怕早已脫力暈倒，可夏思思還一臉沒事人般，在出手後興致勃勃地觀察著水球對結界造成的影響……

「隆隆隆」的巨響不斷，水球攻擊結界造成的天搖地動相較於當初魔龍出場時的震撼有過之而無不及。很快地，結界的魔法波動變得非常微弱，彷彿只要夏思思再來幾發這種巨型水球便能使其破碎！

看著少女恐怖的攻勢，無論是奔跑著的勇者一行人、還是追趕在他們身後的妖獸都不禁停下了腳步，看著夏思思的背影發愣。

眞是太凶猛了……這是眾人不約而同浮現的想法。

眼看結界變得搖搖欲墜，夏思思懷著乘勝追擊的心態再度甩出數顆水球，並笑道：「想不到這個結界那麼容易攻破。」

雖然少女笑得一臉輕鬆張揚，可她其實也明白若不是他們獲得天鈴鳥的幫助，要攻進領主府絕不會如此輕鬆。

就在最後幾顆水球砸上結界的瞬間，眾人看見結界出現了幾道猶如漣漪般的波紋，然後夏思思的水球竟然完全沒有絲毫動靜便消失了！

「這個結界果然能夠發動空間魔法!?」

少女驚呼了聲，水球消失時的魔法波動，與他們利用天鈴鳥傳送過來時遇上的、還有那名高階魔族利用魔法卷軸召喚出妖獸群時的波動一模一樣!

埃德加皺起眉，道：「應該沒錯。不然水球消失時絕不會這般不聲不響的。只因這結界並不是把水球硬碰硬地消滅掉，而是把思思妳的攻擊傳送至其他地方。」

奈伊補充說：「我們傳送過來、差點兒撞上結界那時，好像也是這種感覺。」

艾莉小聲嘀咕：「佛洛德那個混蛋!」

凱文半是佩服、半是苦惱地說道：「不愧爲賢者大人的結界，果然不簡單!」

艾莉生氣地用手肘撞了凱文的胸口一下，「白痴!你在佩服什麼!?」隨即驚喜地發現，隨著身體成長，打到的位置也相對高了，一時間感到很新奇，不禁接連多肘擊了幾下。

別看艾莉外表纖瘦，每天保持鍛練習慣的她力氣一點兒也不小。冷不防接連捱了幾下肘子，凱文幾乎被打得岔氣了。

泰勒沒有理會兩位同伴小小的爭執，逕自站在結界外頭微微顫抖。剛才他還想試著用力攻擊結界，幸好夏思思的水球比他的劍快，不然不知道被傳送到哪裡去的可能就不是那幾顆魔法水球，而是他這個活生生的人了！

夏思思考片刻，說道：「小妖，你用火焰燒看看。」

小妖「喵嗚」地應了聲，便甩出尾巴的魔焰，可惜充滿可怕侵蝕能力的紫黑魔焰步了勇者大人水球的後塵，才剛觸及結界就被傳送至其他空間。

奈伊想起當初解除自己封印、讓他能夠離開洞穴的聖水，問：「思思，也許聖水可以……」

艾莉搖首說道：「沒用的，聖水能夠淨化萬物沒錯，可是這道結界不是『抵擋』而是『傳送』，聖水擁有再強的淨化能力也沒用，一樣會在觸及結界時被傳送至其他空間。」

「而且現在沒有水靈能幫忙補充聖水的分量，思思妳這樣做的話，會把『水種』都用光的！」凱文也阻勸道。

此時又是一批新的妖獸殺至，其中還遠遠混進了一名高階魔族的氣息！

夏思思咬牙說道：「我拚了！反正也想不到其他辦法，放手一試吧！」說罷，少女便取出水囊，把裡面的聖水盡數往結界揮灑過去！

結界立即浮現出一道又一道漣漪，瞬間便把聖水傳送至其他空間，連一滴小水珠也不剩。

「果然不行嗎……」嘆息了聲，一臉失望的夏思思隨即振作起來，少女可沒有忘記新一波敵人正在接近。

看著清空了的水囊，夏思思嘆了口氣：「可惜了這些聖水，下次想使用只怕得回聖湖裡取『水種』了。還好我早就決定事情結束後，要陪藍兒回家一趟，所以也不算是白跑啦！」

眾人無言。

敢情妳現在最介意的不是沒了聖水這一大利器，而是妳將來有可能會要白跑一趟聖湖嗎？重點是不是錯了!?

想要破壞穩穩保護著整座領主府的龐大結界，這次少女用盡全力一拚，出手自然沒有絲毫保留。水囊裡現在一滴聖水也不剩，殘留在內壁的水氣只怕過一會兒便會完全蒸發。

然而就在夏思思要擰上水囊的蓋子時，殘留的水氣竟自主吸納四周的水元素，少女四周的空間瞬間就像雨後清晨般充滿著潮濕的氣息！

夏思思愣了愣，隨即驚喜地低呼：「藍兒，妳醒來了嗎!?」

夏思思一縷長髮藍光一閃，隨即只有手掌大小的元素精靈現身於少女髮畔。來不及與夏思思來個喜悅的重逢擁抱，水靈急如星火般飛至水囊前，看了看被少女潑得一滴聖水也不剩的內壁後幽幽瞄了對方一眼，便立即努力驅動著水氣增加能量。

被水靈的目光看得心虛起來，夏思思不好意思地乾笑了幾聲。

在水靈的操控下，殘留在水囊內壁的水氣很快凝聚成一滴聖水。水靈也察覺到從四面八方而來的魔族氣息，因此在挽救出一滴聖水後，她便示意夏思思先把水囊收起來。

「謝謝藍兒！」少女喜孜孜地道謝，雖然她早就決定將來會陪藍兒回家一趟，可是能夠保全聖水就代表多一分戰力在身，夏思思還是相當高興。

妳眞的……會陪我回家嗎？

不是任何種族、國家言語，水靈藍兒的想法清晰且直接地傳進夏思思腦海，一如少女初次穿越到這個世界、於聖湖初遇元素精靈那時。

聽到水靈的疑問，夏思思小聲抱怨：「啊……被妳聽到了嗎？人家本來想給妳一個驚喜的說……」隨即少女的臉上揚起了燦爛的笑顏：「藍兒，等事情結束，我拉上小埃他們替妳壯大聲勢，陪妳衣錦還鄉好不好？」

水靈感動地點了點頭。其實夏思思沒有限制她的自由，只要她願意，隨時能回家。在此事上最難得、最讓她動容的，其實是少女那顆爲她著想的心。

當時水靈之所以願意跟夏思思走，是因爲對方的神色間沒有一般人類見到他們時露出的貪婪，當然也是出於她對外面世界的好奇。

可水靈想不到的是，她的決定除了獲得一份眞摯的友誼外，還獲得了珍貴的寶物——「藍兒」這個名字。

藍兒回給夏思思一個大大的笑容。

嗯，妳說的沒錯，這次我的確是衣錦還鄉了呢！不過現在到底是怎麼一回事？

聽到水靈的詢問，夏思思收起笑容嘆息道：「藍兒，妳聽我說，我現在眞的好爲難喔！」

# ch.5
# 招降・北方賢者

時間緊迫，夏思思以極快速度「劈里啪啦」地把水靈沉睡以後的重要事情複述一次，並重點講述他們此刻面臨的困境。

「我們的目標根本就不是在這裡與佛洛德進行殊死戰，可是又不能大肆張揚生命藥劑的存在，現在佛洛德驅使手下衝過來要圍毆我們這些為伊妮卡帶來藥劑的大恩人。哎呀！真的很煩，到底有什麼方法可以破開這道結界……」

說到這裡，少女抱怨的話倏然而止。

「思思，妳怎麼了？」察覺到少女身上傳來強烈的情緒波動，奈伊有點擔心地詢問。可此時埃德加卻上前擺了擺手，「奈伊你先別說話。」

要說奈伊最服從的人，除了夏思思以外就數埃德加了。騎士長一發言，奈伊便立即乖乖閉上嘴巴，只是黑曜石般的眼眸卻仍止不住地透露出擔憂與關懷。

夏思思並沒有讓青年擔心太久，很快少女便雙手一拍，低呼：「我們怎麼這麼死腦筋呢？此行的目的是要把藥劑交至佛洛德手上，既然無法破壞這道結界，那我們讓佛洛德自己解除結界不也一樣嗎？」

眾人聞言後皆向夏思思露出期望的神情。經過長時間的相處，眾人對夏思思已有種盲目的信任，只要少女說有辦法，必然會出現令大家意想不到的新點子。

倒是泰勒雖然知道夏思思很聰明，但兩人相處時間不長，忍不住用著一貫的大嗓門粗聲粗氣地反駁道：「妳說得倒輕鬆，現在我們不能公開藥劑的事，要用什麼說服賢者大人主動打開結界？」

夏思思狡黠一笑：「很簡單。」隨即少女一甩手，一道大型水幕便凝聚在眾人上空。

只見少女向水靈眨了眨眼睛，接收到夏思思想法的水靈輕輕一笑，開始調節著水幕的角度。有了水靈幫忙，這種細微的技術完全不是問題，很快地，勇者一行人的身影便清晰反映在水幕上。

在夏思思出手的同時，眾人仍舊不間斷地對抗著蜂擁而上的妖獸。斬殺兩頭撲上來的妖獸後，奈伊神色一凜，道：「那名高階魔族要來了！」

阿蒂爾城的面積如此廣闊，在這麼短暫的時間內便有其中一名高階魔族將要趕到，可見這名新敵人的速度有多快、實力有多強悍！

此時，阻擋在眾人身前的結界卻忽然自動解除了！

「快點進去吧！我不想再被人纏上。」夏思思率先越過愣住了的眾人，舉步向領主府跑去。聽到少女的話，眾人這才如夢初醒般擊退擁上前的妖獸，匆匆尾隨在少女身後。

「思思，妳是怎樣辦到的？」凱文邊跑邊回首，看著身後的妖獸被結界阻擋在外，青年便更加確定是佛洛德主動放他們進去的。回想先前夏思思的發言，凱文自然猜想到一切皆是夏思思一連串行動產生的效果，可是他卻怎樣也想不明白，只是把影像反映在水幕上，爲什麼就讓佛洛德心甘情願地放他們這些敵人進大本營？

少女嘿嘿一笑，道：「這要感謝我們的大功臣艾莉小姐了。」

艾莉驚訝地指了指自己，說道：「咦！因爲我？這和我有什麼關係……啊！我明白了！」

在艾莉驚呼的同時，眾人也想明白了。

佛洛德之所以放眾人進去，是因爲看到艾莉長大以後的容貌！

艾莉能夠恢復面貌只有一種解釋，伊妮卡的血液對艾莉體內造成的魔化已經解除了！

眾人的思考都走入了歧路，其實根本用不著把生命藥劑的事大張旗鼓地到處嚷嚷，也有很多較迂迴的方法能讓佛洛德察覺。只是眾人一開始設想的是直接由天鈴鳥傳送至佛洛德面前，與賢者面對面地再談判一次，結果出了意外便開始鑽牛角尖。

夏思思映照出艾莉容貌的方法顯然成功了，不光是結界無聲無息地消失，佛洛德還派出一隻使魔為勇者一行人帶路；一路上那些設置在領主府內的魔法陷阱也只維持著備戰的狀態沒有發動。可知雖然佛洛德沒有放鬆應有的戒備，但至少已向眾人釋出願意詳談的善意。

雖然夏思思身邊有幾名懂得神聖魔法的聖騎士、自己還是個魔法師，可是她還是第一次看到這種名為「使魔」的魔法生物。

佛洛德的使魔擁有著蝴蝶的型態，夏思思本以為會是更加凶猛的生物，想不到竟是一隻這麼美麗又脆弱的小東西。

使魔的翅膀有著燕子形翅尾，身軀與翅膀的花紋都是深邃的純黑，然而薄薄的翅膀卻如琉璃般通透，透明的部分在光線下變幻出不同色調，看起來有點像天鈴鳥的羽毛。

夏思思記得地球上的「燕鳳蝶」也如這隻使魔般擁有著透明的翅膀，只是燕鳳蝶的體型很小，而使魔則足足比牠大了一倍不止，而且地球的蝴蝶可沒有這種夢幻般會隨著角度變化的虹光。

少女知道既然是屬於那位大人的使魔，這蝴蝶絕不如外表般簡單，只是夏思思橫看豎看，除了覺得牠的翅膀很漂亮、特別以外，完全找不到牠有任何特異之處。

使魔拍動翅膀的動作非常優美，看起來輕飄飄地前進著，但速度並不慢。小妖大大的眼睛一眨也不眨地盯著牠看，尾巴一甩一甩地露出躍躍欲試的神情。嚇得夏思思連忙將牠抱起來。蝴蝶對貓咪有著無與倫比的吸引力，小妖的天性有時就像頭小貓，少女眞怕小妖會忍不住撲殺牠。

要是因爲使魔受到攻擊而讓佛洛德誤以爲勇者一方故意挑釁的話，那夏思思眞的要沒處喊冤了。

眾人在使魔的帶領下很快便來到位於二樓的大廳，佛洛德以及他的戀人伊妮卡已在裡面等候。

使魔飛至佛洛德面前繞了兩圈，歡快的動作就像是向家長邀功的孩子。

佛洛德微笑道：「辛苦了。」隨即使魔伏在佛洛德的肩膀上，竟瞬間融入他的衣服化成一道蝴蝶型圖案。佛洛德的衣服是深色系的布料，加上蝴蝶圖騰線條簡單，不細看的話誰也不會注意到。

奈伊小聲向夏思思說道：「房間裡至少暗藏八個盈滿魔力的魔法陣。」

夏思思對於青年的話不感到意外，如果佛洛德沒有任何準備、如此輕率便把自己與同伴曝露在危險之中，少女反而會看輕他。

向奈伊點了點頭示意了解，夏思思隨即舉步踏進房間，姿態悠然得彷彿進入的並不是敵方的大本營，只是來與好朋友會面。

眾人尾隨著勇者踏進房間裡。雖然埃德加等人皆把劍尖垂下，可誰也沒有把長劍收入劍鞘內。只要佛洛德稍有異動，一眾聖騎士便會立即揮劍相向。

夏思思爽快走進大廳的舉動讓佛洛德警戒的神色緩和了些：「想不到我們這

麼快又再見面了。這次的突擊眞是很出色的策略，確實讓我方措手不及，思思小姐。」

賢者大人果然罵人不帶髒字，一番風度翩翩的話完全表達出對於勇者一方並沒有遵守決戰時間的不滿，聽得埃德加等人尷尬不已。可惜主謀人是夏思思，對於他的抱怨，少女逕自厚臉皮地當作讚揚照單全收，「好說，好說，你如此盛讚我怎麼好意思呢？」

佛洛德愣了愣，就連賢者大人也受不了勇者的厚臉皮，一時之間不知該怎麼回應。

看著少女得意洋洋的神情，佛洛德的感受很奇特，意外地沒有感到任何不愉快，反而先前因對方不遵守決戰日期的怨懟也被沖淡了不少，只覺得又好氣又好笑。

伊妮卡噗哧一笑，隨即異色眸子看向夏思思腳邊的小妖。作賊心虛的少女心裡立即警鈴大作，緊張兮兮地把小妖抱在懷裡宣示主權。

也許因爲夏思思對於偷襲一事表現得太過理所當然，害佛洛德產生一種「依敵人訂下的日期來準備是自己太傻」的錯覺；再加上勇者一行的突襲暫時未對他們造成任何損失，反而還給伊妮卡帶來可以恢復成人類的希望。既然將來有機會重新投入人類陣營，那佛洛德也就沒有對勇者突襲一事窮追猛打，只是抱怨了一句後便沒有追究這話題了。

對此，夏思思自然覺得高興，雖然她並不在乎那些虛名，但也不想在佛洛德的大肆宣揚下成爲臭名滿天下的勇者。

佛洛德打住話題後，便將視線放在艾莉身上，笑道：「艾莉，恭喜妳，妳長大了。」

佛洛德那種長輩似地慨嘆，聽得艾莉一陣不爽：「別在這裡說廢話，我們的時間不多，看到我的樣子後，你應該猜到我已成功解除魔化了吧？」

佛洛德頷首：「是的，這應該是瑪麗亞的功勞吧？」

艾莉聞言愣了愣：「你不知道？」

賢者與伊妮卡對望了一眼後，好奇地詢問：「這段時間我們都在阿蒂爾城備戰，主力監察著西方要塞的動向，並沒有特別留意妖魔之地的狀況，有什麼不對嗎？」

佛洛德的話說得有理，而且他們的神情也確實對瑪麗亞的事情毫不知情。雖然夏思思不太懷疑佛洛德，殺死瑪麗亞的凶手在她心裡本就另有其人，可少女還是再三確認地質疑：「作爲敵方，你沒有監視王城的狀況嗎？」他們把瑪麗亞帶回去時那麼多人前來迎接，佛洛德不可能不知道的。

這個問題不用佛洛德開口，凱文已代爲回答：「王城一直受到多重結界保護，除非破壞結界，否則任何魔法都無法窺視王城的狀況。」

佛洛德皺起了眉頭：「究竟怎麼了？有什麼事情是我應該要知道的嗎？」

看著一臉困惑的佛洛德與伊妮卡，艾莉心情很複雜。她一點兒也不希望殺死瑪麗亞的凶手是佛洛德，可是如果不是佛洛德，那麼事情便斷了線索。

「瑪麗亞……瑪麗亞她死了，是被殺的。」艾莉說道，並且深深地看了佛洛德一眼。

「什麼!?」佛洛德聞言滿臉震驚，伊妮卡更是驚呼了出聲。這兩人也與瑪麗亞認識，初聞女子的死訊，一時間難以接受。

觀察著佛洛德和伊妮卡的反應，眾人不得不承認，兩人對於瑪麗亞的死是真的毫不知情。畢竟演技再出色的人，也無法瞞過奈伊對情緒變化的感知。

這兩人的驚訝是真的。

既然瑪麗亞的死與自己無關，難道凶手是闇之神了嗎？但是……闇之神一向很少冒險把神識延伸出來，何況現在正值祂恢復力量的關鍵期……

賢者的腦海中閃過數個念頭，與此同時，夏思思打趣道：「諾頓已經恢復記憶並且向我坦白了，你們這對難兄難弟真的把我騙得好苦啊！」

佛洛德聞言露出溫潤的笑容：「當時看到諾頓與思思小姐你們處在一起時我也感到意外，不過我想你們會替我好好照顧他的。」說罷，男子頓了頓，看向夏思思的懷裡：「還有牠……是叫小妖對吧？」

聽到有人喊自己的名字，小妖動了動耳朵看向佛洛德，卻覺得這名滿身書卷氣的男子有種讓牠感到親切的熟悉感，於是便「咪嗚」地應了聲。

得到小妖的回應，佛洛德有點訝異。想到先前里克與克奈兒兩人老是一副睥睨天下的神情，誰的帳也不買，想不到融合靈魂重生後反倒變得比較和善。

此時，埃德加冰冷的嗓音傳來：「佛洛德大人，請問亞伯特到底是怎麼一回事？」

佛洛德嘆了口氣：「我知道你與亞伯特是好友，他爲什麼會變成這樣我也所知不多。只是某天變成黑龍的亞伯特帶著里克與克奈兒兩名高階魔族前來，代表闇之神接受我的投誠。往後他們便一直留在我的身邊，既是手下、也是監視者。」

雖然奈伊已表示佛洛德的確對瑪麗亞的事毫不知情，但身爲亞伯特的好友，埃德加還是決定試探對方最後一次：「那現在亞伯特人呢？他沒有在你身邊？」

佛洛德搖首道：「前幾天他忽然離開，至今仍沒有回來。」

埃德加用著審視的目光觀察佛洛德的反應；而男子則是不慌不忙地迎上騎士長冷冽的目光。

夏思思不禁心裡暗讚一聲，雖然現在佛洛德仍是他們的敵人，可是男子一身沉穩的氣度卻令人心折。她本以爲對方會很焦慮地逼問艾莉去除魔化的事，可佛洛德卻是不慌不忙地應付著眾人連串莫名其妙的質問，不見絲毫不耐。

佛洛德的眼神很坦蕩，再加上他一身溫潤如玉的氣息彷彿帶著奇異的安撫力量，讓與之對視的埃德加眼神不禁柔和下來，隨即嘆了口氣，道：「亞伯特死了，就在數天以前。」

賢者與他的戀人驚訝地交換了一眼，問：「難道他離開是去攻擊你們？是你們把他殺死的嗎？」

「不是我們殺的，他是因體內突然爆發的能量自燃而死。」這次回答的人換成了艾莉，只見女子紅著眼眶說道：「他死前提過『妖魔之地』，於是我們便趕過去察看，結果……我們發現瑪麗亞也死了！」

艾莉的話讓佛洛德一臉黯然，雖然他與瑪麗亞的感情沒有艾莉深，但畢竟是認識多年的人，一講到這件事，賢者也感到非常難受。

伊妮卡也露出感慨的神情。她與瑪麗亞只有一面之緣，可是卻對對方有很深刻的印象。仍記得正是這人在自己被挾持之際捅出一刀，把讓她吃盡苦頭的阿爾殺死的。雖然這是瑪麗亞的無心之舉，但伊妮卡還是領她的情。現在聽到那一臉精明的女子已經不在了，不禁面露感慨。

此時佛洛德明白了先前艾莉等人連串的奇怪質問，他問道：「你們認爲是我殺了瑪麗亞？」

艾莉一點兒也沒有因誤會別人而不好意思，理所當然地點頭道：「我不排除這種可能性，而且米高也如此認爲。」

「米高？那個被瑪麗亞撿回來的孩子？」

「現在是瑪麗亞的學生了，當時他在現場。」

泰勒煩躁地抓了抓頭：「既然不是佛洛德大人，也就是說這果然是闇之神幹的好事吧!?」

凱文贊同道：「也只有這種可能了。畢竟瑪麗亞博士一直留在妖魔之地裡做研究，應該不會有人想要殺她的。」

弄清楚佛洛德並不是殺死瑪麗亞的凶手，夏思思對於招降一事便不再猶豫。

「佛洛德，如果我們能夠幫伊妮卡解除身上的魔化，並且分離出她體內的聖物碎片，你願意再次回到人類這邊嗎？」

佛洛德和伊妮卡聞言露出了狂喜的神色，然而很快伊妮卡的眼神便黯淡下來，她輕聲問道：「佛洛德他……曾經把王城……」

明白對方的憂慮，夏思思拍著心口保證，道：「放心吧！你們雖然做了錯事，但還好並沒有人因此喪命。如果你們眞的覺得過意不去，那就更應該爲人類多做點事來補償。我用勇者的名義保證，不會有人對你們的事情秋後算帳的！」

說罷，少女歪了歪頭笑得一臉狡黠，道：「或者我以『葛列格朋友』的這個身分來保證會比較有說服力？」

夏思思平常總是懶洋洋的迷糊樣，可是當她認眞起來的時候那雙黑褐色的眼眸卻會褪下睡意閃爍著精明，神采飛揚的模樣讓人忍不住想相信、追隨她，永遠懷著事情絕不如想像中糟糕的信念。

這正是夏思思，這一代的勇者大人！

佛洛德摟著伊妮卡的肩膀，笑道：「這個身分的確有說服力多了……我答應妳，我們會盡一生所能去補償過往的錯誤。」

「葛列格的友人」會比「勇者」這個身分來得尊貴嗎？當然不！只是對於兩人來說，他們更願意相信前者。

夏思思取出生命藥劑並遞上，藥劑還剩下半瓶，要替兩個人解除魔化已綽綽有餘。「不用全部喝光，喝一口就可以了。葛列格還沒喝呢！」

說到葛列格，少女不禁笑道：「你們知道嗎？葛列格已經與安朵娜特殿下訂婚了。事情結束以後，你們還可以參加他們的婚禮。噢！還有奧汀，他一直非常想見伊妮卡妳。」

聽到夏思思提及兩名兄弟的事，伊妮卡頓時覺得對方親切無比，回以少女一個溫柔的笑容：「我曉得，謝謝妳。」

看著手中的藥劑，伊妮卡覺得自己正手握著世上最珍貴的寶物。只要把它喝下去，從出生起一直跟隨著自己的夢魘便會消失，她便能成爲眞正的人類，能夠光明正大地與佛洛德在一起！

一直以來伊妮卡懷著深深的歉疚感，認爲是她害了佛洛德。如果沒有自己這個人的話，佛洛德依然是人人讚頌的賢者，不會身陷與全人類爲敵的局面。

現在手握著能夠改變他們命運的藥劑，伊妮卡除了狂喜以外，還有無法言說的委屈。彷彿一直以來埋藏在心底的悲傷與難過，全都在這瞬間爆發出來似地。

佛洛德拉住伊妮卡的手，隨即掌心相連、十指緊扣，給予戀人無聲的安慰。

伊妮卡向男子微微一笑，深呼吸一下後便把玻璃瓶的瓶蓋扭開。瞬間彷彿雨後森林般清新的生命氣息從瓶子裡傳來，伊妮卡毫不猶豫地仰首喝下了一口生命藥劑。

在佛洛德擔憂的注視下，喝下藥劑的伊妮卡因為那恐怖的味道而雙眼緊閉，整張臉都皺了起來。

把藥劑喝下以後，伊妮卡並沒有感到絲毫不適，反而有一股暖流遍布四肢百骸，彷彿浸泡在溫泉般非常舒適。

然而當這種暖洋洋的感覺集中在女子那對黑色翅膀時，卻變成了難以忍受的熾熱！

因突如其來的熾熱所造成的劇痛讓伊妮卡悲鳴了聲，雙翼因痛苦而無意識地拍動著。隨著翅膀的搧動，黑色的羽毛紛紛掉落；伊妮卡在漫天飛舞的羽毛中緩緩張開雙眼，右眼褪去了因魔化而變異的綠，恢復成美麗的、緋劍家族成員代表性的緋紅色；褪去羽毛的翅骨也瞬間化爲飛灰消逝。

沒了妖異的異色眸子以及黑色雙翼，伊妮卡頓時氣質大變。雖然女子長得很美、性格亦溫柔如水，可是異色雙眸總給人妖異的感覺，黑色的翅膀更是讓她充滿了陰暗的氣息。現在她就像換了一個人似地，雖然容貌依舊，可是那種非人的感覺卻完全消失，橫看豎看都是名端莊的淑女。

「伊妮卡……」佛洛德輕聲呢喃著愛人的名字，那雙十指修長、一看便知是屬於學者的手捧起戀人的臉，深情的目光細細察看了女子煥然一新的容貌後，竟不顧在場仍有數名旁觀者，激動地吻上了女子桃紅色的唇瓣！

伊妮卡閉上緋紅雙眼，不顧目瞪口呆的勇者一行人，熱情地回應著戀人的索吻。

對於夏思思這一眾旁觀者來說，兩人的熱吻實在太激情了點，害他們不知道該把目光放在哪裡才好。但想到這對情侶的坎坷戀情，眾人還是很理解他們的激動，不忍打擾兩人的愛戀纏綿。

# ch.6
# 蝴蝶使魔

擁吻良久，兩人這才想起這裡還有一群觀眾，立即羞赧地分了開來。

身爲男性的佛洛德還好，至少他仍能保持泰山崩於前而面不改色的氣勢。可是伊妮卡卻無法像賢者大人般淡然，尤其在艾莉戲謔的目光下更是羞得面紅耳赤，垂首盯著自己的腳尖不敢抬頭。

然而伊妮卡即使羞得不行，但那白皙的手卻像宣示主權般地與佛洛德十指緊扣，一點也沒有因爲眾人的目光而有絲毫退縮。

看到伊妮卡害羞卻又拉住戀人手不放的樣子，夏思思等人不禁露出善意的微笑，只覺得眼前這名女子可愛又勇敢。

伊妮卡不知道自己有點小固執的動作意外贏得了勇者等人的好感。由於從小受到親人的鄙視，一直以來她都是自卑的，即使現在已解除魔化，她的心態卻仍未立即扭轉過來。

佛洛德察覺到伊妮卡的心思，卻不打算馬上逼迫她改變。

來日方長，既然他們能夠光明正大地返回人類陣營，佛洛德決定要珍惜這個機會努力補償以前所犯的錯誤。並在獲得世上的原諒以後，舉行最盛大、最華麗的婚禮迎娶他美麗的新娘！

他相信回到王城後，伊妮卡很快就能明白她根本不必自卑，因爲她是擁有著初代勇者血脈、尊貴的緋劍家族長女，也因爲她是北方賢者的愛人！無論哪個身分，都足以讓她挺起胸膛過生活了。

感受到勇者等人的目光，伊妮卡只覺得臉頰火辣辣地熱了起來，即使看不到自己現在的模樣，但女子猜想自己的臉一定紅得很。

懊惱著自己竟然一時激動便在眾人面前與佛洛德親熱，女子羞澀地把藥劑交還給夏思思，然而伸出的手卻被佛洛德按住。

「思思小姐，我可以看看這瓶藥劑嗎？」面對包含戀人在內的訝異目光，佛洛德問道。

獲得少女的允許，佛洛德打量著手中生命藥劑的同時，也問了夏思思一些有關羅洛特的事，隨即男子露出瞭然的微笑。

「怎麼了？這藥劑有什麼問題嗎？」

「不……」佛洛德笑道：「我只是在想，思思小姐你們這段時間會很忙，我希望能盡快將藥劑交給葛列格。如果您信得過我們的話，這藥劑可以交給我們保管嗎？」

夏思思自然是信得過佛洛德他們的，畢竟現在需要這瓶藥劑的只剩下伊妮卡的雙胞胎弟弟葛列格。生命藥劑再珍貴，佛洛德貪黑誰也不會去黑戀人的弟弟啊！

而且成功招降北方賢者後，勇者一行人便要轉往封印之地了，也不知道有沒有機會遇見葛列格。藥劑確實如佛洛德所說般，交由對方保管比較好，少女對這提議欣然答允下來。

收下珍貴無比的生命藥劑後，佛洛德問：「瑪麗亞博士與亞伯特的死，你們懷疑闇之神是凶手對嗎？可是……我不認爲這會是祂做出來的事。」

艾莉不滿地反駁：「除了祂還有誰？佛洛德你該不會因爲對方曾是你的雇主，所以替祂說好話吧？」

沉默片刻，佛洛德嘆息了聲：「你們信不信都好，我認爲闇之神不是會做出這種事情的人，雖然與祂的接觸不多，祂給我的感覺也確實是充滿殺意與仇恨，可是祂的手段卻正大光明。不像是會故意改變亞伯特的心性、讓他魔化成魔龍慢慢墮落的小人。」

見艾莉不服氣地想要反駁，伊妮卡搖了搖手示意女子讓佛洛德把話說完。女騎士張了張嘴，最後還是很給面子地把想說的話吞了回去。

賢者大人續道：「我甚至懷疑祂早就察覺我與伊妮卡心繫人類，卻一直沒有向我們出手。闇之神祂……祂收下我們彷彿出於同情，特意爲我們提供庇護似地。」

埃德加一臉嚴肅地說道：「也許因爲你們曾領受過闇之神的庇護，所以難以對祂產生敵意。可是我希望兩位明白，無論如何闇之神是我們的敵人，對於敵人不應存有任何猶疑與迷茫。」

夏思思訝異地看著騎士長向賢者大人說教，一直以來，埃德加對佛洛德都表現得很敬重，可是在原則問題上騎士長卻有自己的堅持。不得不說此刻的埃德加實在非常帥氣。

雖然同伴們幾乎咬定了闇之神的罪行，不過遠比其他人更清楚降魔戰爭背後眞相的夏思思，卻比較偏向北方賢者的想法。

但少女沒有多說什麼。她在等，等待眞相浮出水面的一刻。

成功招降北方賢者雖然很值得慶賀，可是夏思思想起他們忽略了一件很重要的事，因此變得愁眉苦臉起來。

想著先回王城融合聖物碎片的勇者大人，突然想起天鈴鳥已回到精靈森林了。也就是說，他們無法利用空間連結回到王城！

更要命的是，此刻領主府的結界外正包圍了大量妖獸，其中還有數名不好惹的高階魔族！

少女向佛洛德與伊妮卡提及天鈴鳥一事並抱怨一番後，假咳了聲，道：「佛洛德，你說如果現在你發出已把我們殺掉的假消息，然後我們扮成你的手下大搖大擺走出去的可能性……」

「魔族的感應力很強，無論你們假扮成什麼樣子他們都認得妳。」

「那你覺得克里斯會不會忽然良心發現，把天鈴鳥帶回來救我們？」

「……根據妳剛才的描述，我認爲那位白色使者只會很高興天鈴鳥終於安然回到精靈王身邊，沒有被妳拐走而已。」說罷，男子還瞄了小妖一眼，心想自己也是寵物被拐走的受害者……

「那，這個領主府有沒有密道？你說會不會在密道的盡頭有隻飛不起來的神鵰，給我們一份武林祕笈？」

「這裡沒有密道……」另外神鵰與武林祕笈究竟是什麼超展開啊？

「喔……」少女露出了失望的神色，有氣無力地應了聲。

也許夏思思的神情太沮喪了以致伊妮卡於心不忍，女子瞟了佛洛德一眼，安慰道：「妳別難過，我們有方法出去。」

佛洛德嘴角勾起一抹苦笑，他本打算讓勇者一行人先著急一番，好小小報復一下少女的突襲之仇。雖然這次夏思思的突襲不只沒有為他們帶來任何傷害，反而還解除了他們的困境，可是無論是誰被人這樣耍著玩也會不爽的，對不對？

面對眾人期待的目光，北方賢者一臉穩重地頷首，任誰看到他的模樣都會不禁感到信服。「是的，請放心。」

既然戀人發話了，佛洛德自然要給面子，反正他剛剛已經暗爽了一把——從中可見佛洛德也有著別人無法察覺的惡劣心思，不愧是艾莉青梅竹馬的好友。

與北方賢者從小認識，艾莉自然猜到男子剛才是故意的。不過少女並沒有說破的打算，畢竟身爲夏思思那訂下了決戰日還要搞突襲的同伴，艾莉面對佛洛德這個苦主時，氣焰還是不禁矮了一截。

於是心中有愧的艾莉難得順著佛洛德的意思，一臉「驚喜」地問：「是什麼方法？」

佛洛德似笑非笑地看了看難得很合作的艾莉，隨即男子伸出手，便見那隻先前替夏思思等人領路的蝴蝶型使魔，從衣服上不起眼的圖騰恢復成蝴蝶型態，飛上佛洛德的指尖上。

佛洛德召喚這蝴蝶出來必有其深意，眾人不約而同地把視線放在使魔身上。

魔法師的「使魔」有點類似「契約魔獸」，但他們卻有著根本性的不同。

「契約魔獸」是以精神契約將魔獸與主人聯繫在一起，即使相隔很遠也能互相溝通，而且彼此還可以有限度地使用對方的力量。建立契約並沒有任何限制，無關種族、地位、職業，即使是沒有一技之長的普通人，只要魔獸看得上眼，便可與之建立契約。

至於「使魔」，卻是魔法師特有的助手，彼此間有著明顯的主從關係。使魔與魔獸不同，他們不是這個世界的原物種，而是魔法師利用一些特殊物質作媒介，以魔力與元素，再配合鍊金術與藥劑創造出來的魔法生物。所以使魔的主人絕不會是普通人，他們百分之百會是出色的魔法師！

凝望著指尖上看起來弱不禁風的使魔，佛洛德驕傲地說道：「這孩子是我多年研究的成果。」

這麼厲害？

夏思思盯著看，除了覺得蝴蝶透明的翅膀上變幻著的彩光很美麗、拍動翅膀的姿態很優雅以外，完全不覺得有什麼特別。

等等！佛洛德一直致力研究的領域，沒記錯的話應該是……

少女霍地抬頭，黑褐色的眸子微微睜大：「難道這孩子能夠像天鈴鳥般連接不同的空間？」

佛洛德與一旁的伊妮卡聞言面露驚詫，他們想不到夏思思竟如此敏銳，瞬間猜出了答案！

看到兩人的神情，夏思思怎會不知道使魔的能力被自己猜中了，立即露出狂喜的神情。

佛洛德歸順＝成爲同伴＝獲得使魔幫忙＝可以使用空間連接＝不用跑遠路——少女的腦海裡立即推得這個結論！

也就是說，他們前往王城的交通工具有著落了！

「佛洛德，這個結界會干擾通訊嗎？我想聯絡一下駐守在城外的軍隊。」

「等一下。」隨著賢者的話，眾人感覺到四周的魔法元素傳來輕微波動，隨即聽到佛洛德說道：「可以了。」

艾莉把祕銀幻化成銀鏡，很快地，駐守在城外的軍隊便出現在眾人視線裡。

率領軍隊的將領看到北方賢者站在夏思思身旁、兩人和平共處的模樣，冷峻的臉上浮現起笑容，向鏡中兩人行了一禮，「恭喜夏思思大人完成任務，歡迎佛洛德大人您的回來。」

軍人的性格大都比較率直，這名將領的話語並沒有華麗的修飾，可是能聽出裡頭的眞誠。

「謝謝！」夏思思笑著道謝以後正了臉色，不得不說在外人面前她還是很有勇者架勢的。「我們現在要先回王城一趟，這裡要麻煩你們駐守了。城內有五名高階魔族與大量妖獸，以你們的數量來看，戰起來並不會吃虧。要是裡面的魔族想要出城的話格殺勿論，但如果他們按兵不動，希望你們先留在城外待命。根據以往的幾場降魔戰爭經驗來看，決戰那天魔族會大舉攻往王城，要是能把這些魔族困死在這裡的話，還是盡量保存戰力較好。」

軍人早已習慣服從命令，聽完夏思思的話後，這名將領隨即一臉肅穆地應允下來。

見少女已把事情交代完畢，佛洛德輕輕揚了揚手，伏在男子指尖的蝴蝶隨即拍動著翅膀飛至房間牆壁。停留在牆壁上的蝴蝶再次化成線條優美簡約的圖騰，與先前不同的是這次使魔化成的圖騰佔據了整面牆，並且閃爍著迷幻的彩光。

一個黑洞倏地於圖騰正中央出現。

這個黑洞給夏思思似曾相識的感覺，後來少女終於想起，當初在那間童話式的小白屋裡，賢者與伊妮卡平空出現時，空間也是出現這般的紊亂感。

當黑洞的能量穩定下來後，佛洛德很有風度地向眾人作出一個「請」的手勢，然而這黑洞與天鈴鳥所創造出來的通道在外觀上有著明顯差距，後者的一看就知是空間隧道，而這黑洞卻教人覺得不知會傳送到哪兒……總之怎麼看怎麼不祥。當然，他們並不認爲佛洛德會害他們，只是下意識感到卻步。

果然有時候賣相是很重要的，看著勇者一行人在黑洞前猶豫不定的模樣便知道了。

見眾人裹足不前，伊妮卡掩嘴一笑，率先走進黑洞裡。

見狀，呆看著彷彿要吞噬一切的黑洞、一臉糾結的眾人這才回過神來，連忙亦步亦趨地尾隨著女子步入黑洞。

直至所有人都進入黑洞後，佛洛德這才走了進去。隨即佔據了整面牆壁的蝴蝶圖騰迅速縮小，最後完全消失，就像房間裡從沒有任何人進入過似地……

「太厲害了！這蝴蝶眞的能夠連接空間！是不是只要你願意，便可以創造出無數媲美神階魔獸的使魔？」夏思思雙眼發亮地看著再度變回衣服紋飾的使魔。

佛洛德笑著搖首：「這孩子耗費了無數珍貴材料、再加上運氣才成功創造出來，要重新創造出同樣的使魔雖說不是完全不可能，但成功率卻微乎其微。何況它雖然有著連接空間的能力，可是卻沒有天鈴鳥驚人的速度與優美的歌聲，因此它的能力並不算是能夠媲美神階魔獸。」

夏思思瞭然地點了點頭，的確，天鈴鳥之所以被列爲神階魔獸，除了連接空間的能力以外，還因有著世界第一的速度；如果沒有那變態的速度，這小小且沒有任何攻擊力的魔獸只怕早已絕種。

王城有著多重結界保護，艾莉在傳送之前已先與王城方面打了聲招呼，一行人才能直接把傳送點設定在城堡裡。

也因此，城堡早已收到佛洛德回歸的消息，夏思思他們回來的時候，卡斯帕、布萊恩、安朵娜特、葛列格、莉蒂亞，以及艾維斯等熟人已在城堡裡等候著了。

由於天鈴鳥與使魔的幫忙，讓眾人省去了往返的路程，因此夏思思等人其實只離開了大半天，天色甚至還殘留了一點點夕陽的亮光。再加上事情很順利，自始至終都沒有動用駐守在阿蒂爾城外的大軍，因此不免給人一種雷聲大雨點小的感覺。

唯有親歷戰鬥的勇者一行人，才能感受到這次的戰爭有多險惡。闇之神還未衝破封印，只是調動一些妖獸爲手下壯大聲勢，便已來了滿城妖獸，以及五名高階魔族。而且夏思思他們還是提前幾天突襲的，要不然也許還有無數陷阱與結界等待著他們。

如果勇者的手裡沒有生命藥劑、如果佛洛德沒有仍心繫人類一方，只怕這場戰爭必得要犧牲無數戰士的性命才能了結。

也許布萊恩他們也明白事情的嚴重性，所以願意冒著天大的風險，把駐守在阿蒂爾城外圍軍隊的統領權交給夏思思。

布萊恩也知道降魔戰爭早在民眾的心目中昇華爲一場聖戰，因此軍隊中也只有與夏思思他們通訊的將領知道眞相。還好最終不須出動這些在城外待命的士兵，不然只怕戰爭結束後，夏思思這名連降魔戰爭都要搞突襲的勇者，不免要接受不少聲討與質疑，這個世上永遠不缺不懂變通的固執之輩。

北方賢者的地位很高，基本上他並不算是國家官員，與安朵娜特公主和大祭司平起平坐，在場唯一需要讓他行禮的就只有他曾宣誓效忠的布萊恩。

佛洛德來到王城時布萊恩的年紀還小，後來還成爲了國王陛下在魔法方面的啓蒙老師。當年佛洛德在一眾白髮蒼蒼的老學者中顯得特別年輕，布萊恩自然與他比較談得來。因此兩人雖然是君臣，可關係卻親如兄弟。

正所謂愛之深責之切，與佛洛德的好交情，讓布萊恩更不能接受他的背叛。雖然布萊恩心裡明白對方的難處，對於伊妮卡的處境亦非常同情，可是佛洛德的背叛就像是一根卡在青年心頭的利刺，以致隔了這麼多年後這對師生總算重逢，可氣氛卻尷尬不已。

恭敬地向布萊恩行了一禮，佛洛德保持著微微垂首的姿勢沒有動，那副等待審判的模樣讓伊妮卡心疼不已。即使如此，女子仍沒有發話，只是與戀人並肩站在一起給予對方無形的支持。她是個聰慧的女子，明白有些事不是外人該插手的，即便佛洛德再愛她、寵她也是一樣！

伊妮卡的舉動讓布萊恩對她多了點好感，老實說，現在國王陛下看到這兩個當年把王城弄得雞飛狗跳的人便感到一陣惱怒，要知道當年小小的他才登位不久便遇上這場禍事，爲了替佛洛德擦屁股，他可是死掉了不少腦細胞！

仔細一想，這兩人雖然投靠了魔族，可是面對追兵卻每每忍讓，表現出一副願打願捱、危及性命時只能逃跑、受氣包的樣子。除了一開始佛洛德因爲伊妮卡的遭遇而一把火將王城燒成火海以外，這些年單方面被追殺也夠賢者大人鬱悶了，想到這裡，布萊恩心裡的芥蒂倒是消了不少，他道：「回來就好。你該慶幸當年的事沒有造成人命傷亡，不然我只能把你依法判刑了。」

佛洛德一臉嚴肅地說道：「我會盡全力爲人民謀取福利，努力補償我當年的過錯。所以爲了能更有效地發揮我的才能，我希望陛下能夠恢復我的職權。」

布萊恩又好氣又好笑地說：「說不到兩句便要求復職了嗎？」

佛洛德依舊是一副溫和有禮、很好說話的模樣，可是說出來的話卻明顯吃定了布萊恩拿他沒奈何。「現在是非常時期，唯有重新獲得職權，我才能在往後的戰事中發揮全力；相信陛下讓思思小姐把我找回來，定然不會只是要把我關進大牢如此暴殄天物的。」

佛洛德充滿自信、侃侃而談的模樣，讓布萊恩想起小時候男子耐著性子教導自己魔法基礎的時候。他一直把這年輕得過分的導師視作兄長般尊敬，即使佛洛德不說，布萊恩也早已打定主意要讓佛洛德恢復職權了。

不過身爲一國之主，布萊恩還是有所矜持，不好主動提這事情。現在佛洛德自己要求，布萊恩揶揄了對方一句後，便順水推舟地答允下來。

獲得布萊恩許可後，佛洛德牽起了伊妮卡的手，向布萊恩笑道：「陛下，現在伊妮卡回來了，是否應該通知一下奧汀伯爵？另外，也該爲她引見一下安朵娜特吧？」

面對伊妮卡，布萊恩的態度客氣而有禮，卻不會讓人感到過於生疏冷淡。畢竟葛列格與安朵娜特結婚以後，他們便是一家人了。

「我已經通知了奧汀伯爵，他正趕回王城。」說罷，國王錯開了身影，露出站在他身後的葛列格與安朵娜特。

葛列格早已告知了公主殿下有關他與伊妮卡的身世，面對著未婚夫的雙胞胎姊姊，安朵娜特收起平時的氣焰，小鳥依人地站在葛列格身旁。

多年的時光並沒有讓這對分隔兩地的姊弟變得生疏，雖然重逢的兩人並沒有灑狗血地高呼——「姊姊！」、「弟弟！」後相擁而泣，可是從他們壓抑著情緒的目光中仍能看出兩人的激動。

夏思思打量著並排而立的姊弟，雖然兩人是容貌長得一模一樣的雙胞胎，可伊妮卡與葛列格氣質迥異，伊妮卡溫柔婉約，葛列格卻一身陽剛之氣，再加上身高及體格的差異，要是不站在一起看，實在很難把這兩人聯想在一起。

伊妮卡鄭重地把生命藥劑交至葛列格手裡後，便將視線轉向安朵娜特。

被女子注視著的公主陛下一臉緊張，有點怯怯地喚了聲：「姊姊大人。」

此刻的安朵娜特看起來就像隻驚惶失措的小兔子，要說多無害便有多無害。見狀，伊妮卡不禁鬆了口氣。

當她得知葛列格將迎娶公主時曾經很擔心，畢竟安朵娜特的風評並不好，再加上葛列格也是個有主見的人，萬一小倆口婚後天天吵架那就糟了。

即使葛列格能夠重回緋劍家族，但他的身分終究只是貴族，無論如何都比不上公主殿下高貴，要是鬧起來絕對會是葛列格吃虧！

現在看著安朵娜特這副嬌怯怯的模樣，伊妮卡不禁暗暗鬆了口氣。這名未來弟媳貌美如花、一身貴氣，對她這個姊姊也很尊重，不禁越看越喜歡，在心裡大讚弟弟的好眼光。

要是伊妮卡這想法被夏思思知道，她一定會吐槽：這是什麼小白兔？分明就是頭母老虎！只是妳弟弟這名馴獸師的功力太深厚而已。

## ch.7
# 羅洛特的身分

「葛列格，你先把藥劑喝下吧！」不親眼看著弟弟消除魔化，伊妮卡便無法心安。伊妮卡把藥劑交給葛列格後，見對方沒有馬上喝下的意思，不禁出聲催促。

聞言，安朵娜特立即點頭贊同道：「對、對！你快點喝下吧！」少女緊張的模樣讓伊妮卡對她的好感度再度「登登登」地上升了不少。無論這名公主殿下的性情如何，重要的是她眞的把葛列格的安危放在心上。

雖然自己最親密的兩名女子都這樣說，可葛列格稍作猶豫後仍沒有立即喝下藥劑。畢竟現在他們是來爲勇者一行人接風的，終究是場合不對。

葛列格一向行事不拘小節，可自從與安朵娜特在一起後，便開始注重禮儀方面的事情。不是阿諛奉承、也不是因身分轉變後開始趨炎附勢，葛列格還是以前的葛列格，只是他不希望讓安朵娜特與布萊恩因他輕率的舉動爲難。

也許在旁人眼中安朵娜特爲葛列格改變了很多，這兩人的情感關係並不對等，可其實葛列格同樣把戀人放在心尖上。只是他的改變多是從細節出發，別人難以發覺而已。

一般人察覺不到，卻不代表布萊恩看不出來。這名年紀輕輕便繼承了王位、把國家領導得益發平和、富裕的國王陛下目光如炬。葛列格這種不說出口的體貼，正是他願意把妹妹嫁給他的原因之一。

看出葛列格的顧忌，布萊恩笑道：「放心吧！在場的都是自己人，沒那麼多講究。」

葛列格本就是瀟灑的性子，既然國王陛下都說不介意了，男子咧嘴一笑，便把藥劑喝下。

喝下藥劑後，葛列格將玻璃瓶瓶蓋蓋好，便交還給夏思思。

夏思思看也不看手中的生命藥劑，黑褐色的眼珠盯著男子的臉，好奇地問：「味道如何？」

艾莉喝下這藥劑時，簡直就像要了她的命似地；伊妮卡的反應雖然比較含蓄，但仍讓旁觀的人同樣感受到這藥劑到底有多難喝。怎麼輪到葛列格時，對方卻面不改色地喝了下去，還一臉沒事人的模樣？

藥劑該不會被人掉包了吧？

葛列格咂嘴舔了舔嘴巴：「味道還可以吧！比艾維斯那團解毒的黑色膏油好得多了。」

勇者一行人立即想起之前在死亡沼澤時，艾維斯讓大家塗抹在鼻子上的那個「解毒膏油」。

這辛辣無比的藥膏在旅行期間屢見奇效，還記得當時餓昏了的諾頓就是被它快速救醒的……

聽到葛列格的發言，眾人不禁慶幸他們當初進入死亡沼澤時只要「外用」就可以了，那黑色膏油若要口服的話，到底會有多銷魂啊？

面對眾人怪異的眼神，艾維斯假咳了聲：「葛列格，你不把眼罩脫下來看看嗎？」

艾維斯輕描淡寫的一句，便把眾人的注意力轉移開去，「刷刷刷」地把視線轉至葛列格身上。

葛列格不像艾莉那樣保持著十五歲的外形，也不似伊妮卡除了異色雙眸外還長出了黑色的翅膀。他的魔化只反映在異色雙眸上，自從與安朵娜特在一起後，葛列格已決定不再逃避自己緋劍家族的身分，轉而把眼罩用來遮掩那不祥的綠眸。

於是，想知道藥劑到底有沒有效，只有看他現在被眼罩遮掩的右眼才知曉了。

雖然早已親身試驗過藥劑的功效，可是伊妮卡還是覺得要確定一下才能安心。安朵娜特更是拉了拉葛列格的衣袖，一臉憂心忡忡。

葛列格沒有讓她們擔憂太久，他很快地把遮掩住右眼的眼罩脫下，露出裡頭緋紅色的眸子。

雖然眼罩的面積不大，但因覆蓋在臉部，脫下來以後整張臉給人的感覺都變得不同了，讓人有種現在才看清楚他容貌的錯覺。

葛列格輪廓分明，不算特別英俊，卻也非常有魅力。

安朵娜特仰首盯著戀人變成緋紅色的眸子左看右看了好一會，隨即滿意地點了點頭道：「很漂亮！這樣更帥了！」

公主殿下深愛著葛列格，但卻無法體會這種變化對男子的意義，也不會明白男子因爲這隻眼睛吃了多少苦頭。因此她比較在意的，反倒是轉變瞳色以後外貌的變化。

可伊妮卡不同，當看到葛列格的緋色雙眸時，女子倚在佛洛德的懷裡喜極而泣。

看到她的淚水，眾人不禁感到一陣心酸。這對出身於緋劍家族的雙胞胎姊弟本該受到萬千寵愛，甚至繼承緋劍家族的人本應是葛列格才對，但因爲一瓶來歷不明的魔血，把他們的命運整個改寫了。

夏思思替他們高興的同時，舉起手搖了搖手中的藥劑。玻璃瓶是透明的，一眼便可看出裡面的生命藥劑還剩下三分之一。

把玩著手中的玻璃瓶，夏思思詢問卡斯帕：「我一直懷疑羅洛特的身分以及名字都是虛構的，而且總覺得他對你的態度很恭敬；在戰鬥中，羅洛特也總是以保護你的安危爲優先。伊修卡，你其實認識羅洛特對吧？」

卡斯帕聳了聳肩，道：「祭司本來就是團隊的重點保護對象，這有什麼好奇怪的？」

夏思思堅持道：「我就是覺得不對勁。」

「理由呢？」

「女人的直覺。」少女給出一個讓人吐血的答案。

面對這個毫無根據的理由，卡斯帕反而承認下來。「眞是厲害的直覺，我還眞認識他，而且他告訴妳的名字與身分確實是騙人的。」

夏思思聞言雙眼一亮，就連埃德加等人也露出好奇的神色。

眾人都想知道到底是誰那麼大方，把如此珍貴的藥劑隨手送人，儘管當時的生命藥劑還僅是半成品。

卡斯帕笑道：「其實佛洛德應該也猜出那人是誰了吧？」

面對眾人的視線，佛洛德頷首笑道：「我的確猜到了羅洛特的身分，因爲用來存放藥劑的玻璃瓶正是由我所製。」

「咦!?」眾人想不到賢者與羅洛特竟然還有這層關係。伊妮卡立即問道：「玻璃瓶製作的委託人是誰？我與葛列格還沒好好感謝他呢。」

夏思思也問：「羅洛特爲什麼要謊報身分？難道他遇上麻煩了嗎？」

聽到勇者的提問，伊妮卡一臉擔憂地看向佛洛德。

佛洛德向戀人安撫地微微一笑，說：「不用擔心。據我猜測，他只是想要逃避妻子的追查才隱瞞身分而已。既然奧汀已收到消息趕往王城，我想那位應該也差不多要到了吧？請容我暫時先賣個關子。」

夏思思挑了挑眉，在心裡把羅洛特的資料稍稍整理一下。

這人認識大祭司，還能讓佛洛德幫忙製造存放藥劑的玻璃瓶，那麼他的身分必定不低。

另外，羅洛特選擇把生命藥劑交給我，應該是想借我之手來幫助葛列格、伊妮卡或是艾莉，也就是說他與這三人或許是認識的；而且他還有一個需要避開的麻煩妻子……

羅洛特的身分根本呼之欲出了嘛！

少女與卡斯帕相視一笑，向佛洛德說道：「那你保留答案好了，反正我已經猜到那個人是誰了。」

看到伊妮卡欲言又止的神情，夏思思朝她俏皮地眨了眨眼睛，道：「現在妳先不要問，佛洛德故意隱瞞不說，是想給妳一個驚喜！」

伊妮卡看了看兩人，隨即點點頭，沒有繼續問下去。

見眾人臉上浮現出掩飾不住的疲憊，布萊恩體貼地建議：「晚餐已經準備好了，大家先去吃點東西吧！」

國王陛下一說，眾人這才感到飢腸轆轆，尤其是平常習慣吃下午茶的夏思思，大半天都沒有東西下肚了，一聽到有吃的立即兩眼發亮。

這個世界並沒有所謂「食不言、寢不語」的規矩，相反地，他們甚至認爲在吃飯時聊天喝酒是增進感情的好方法，因此貴族總是喜歡舉辦形形色色的宴會擴展社交圈子。

拜此所賜，王室的餐宴並不沉悶，眾人邊吃著精緻的美食邊交換情報。雖然是談論著降魔戰爭這些較沉重的話題，但是眾人心情很好，完全沒有因此影響到胃口。

埃德加身為勇者一行的代表，報告了先前在阿蒂爾城的戰況；曾投靠魔族的佛洛德則告訴大家他所知道的魔族的實力與妖獸大致分布。另一方面，留守在王城的卡斯帕則講解了下現時封印之地的狀況。

得知羅奈爾得的封印已近崩潰邊緣，眾人神色都變得不太好看。闇之神與佛洛德不同，祂與人類完全沒有調解的可能，開戰後雙方絕對會是戰到不死不休的局面。

下一場等待大家的，將會是眞正的戰爭。

當夏思思吃掉最後一口飯後甜點時，卡斯帕發話了，他道：「思思，妳跟我來一下。」

「喔！」吃飽後一臉滿足的夏思思沒問原因，應了一聲便站起身乖乖走到卡斯帕的身旁。

「抱歉，我們先離開了。」向餐桌上的眾人頷首示意，卡斯帕領著少女走到城堡書房——也就是卡斯帕教授夏思思魔法的地方。

進入書房後，卡斯帕遣退了所有下人，自顧自地泡了杯紅茶。

勇者大人見狀，也拿過茶具泡了一杯，濃郁的茶香飄散整間書房。

存放在這裡的書籍非常珍貴，為了保護它們，其實城堡的書房是不准飲食的。但自從書房被這對師徒侵佔了以後，不要說紅茶了，就連甜點也是光明正大地拿進這裡，所謂的規矩在他們眼中皆是浮雲。

看著坐在自己對面的夏思思不停往紅茶裡加糖，卡斯帕覺得口裡一陣甜膩，不禁出言制止：「加這麼多糖，小心變胖！」

少女不為所動：「你在說誰會變胖？」

卡斯帕想到夏思思那吃也吃不胖的體質，只得改口說道：「這樣子對身體不好。」

不知道是聽取了少年的意見，還是夏思思剛好覺得糖的分量夠了，少女放下加糖的茶匙，愜意地喝著加了大量砂糖的紅茶。

「思思，既然伊妮卡已成功解除魔化，那東西應該取到手了吧？」

沒頭沒尾的一句話，少女卻明白卡斯帕是在問殘留在伊妮卡體內的聖物碎片。

夏思思沒有把收藏在空間戒指裡的碎片取出來，相反地，她攤開了手心伸向卡斯帕。

眞神大人奇怪地看了看少女的手：「怎麼了？」

夏思思撇了撇嘴：「你別裝傻了。現在所有聖物碎片已經集齊，並不是我要把碎片交給你，而是你要把放在教廷保管的碎片還給我才對吧？眞神大人。」

少女的態度讓卡斯帕感到一陣不爽，少年指尖一彈，一道小小的勁風便「啪」的一聲打在夏思思的額頭上，令少女白皙的皮膚泛出個紅印。

夏思思伸手按住額頭，一臉忿忿不平地說：「說不過便出手打人，太過分了！還有藍兒妳怎麼不幫我將攻擊擋下來啊？」

少女的長髮閃現出一陣藍光，可卻不見寄居在內的水元素精靈現身。顯然水靈也懂得明哲保身的道理，深知看到大神打架要離得遠遠的，不然被誤傷的可能性極高。

雖然她是珍稀的元素精靈沒錯，可是能力再強能強得過眞神嗎？

水靈一直留在夏思思身邊，她可是很清楚眼前這一位的眞實身分。

看到自家搭檔沒義氣的舉動，夏思思氣鼓鼓地扯了扯水靈藏身的頭髮——當然她的動作就只是把自己弄痛，水靈對此可謂不痛不癢。

「明明那些都是我的戰利品耶！你憑什麼把它們藏起來!?小氣卡斯帕！」

先前她必須東奔西跑，因此碎片交由教廷代爲保管倒是無可厚非。但現在都快要打終極BOSS了，她卻還沒把碎片融合成聖物，這不禁讓夏思思焦急了起來。要知道夏思思可是非常愛惜她的小命的！

被勇者如此指控，卡斯帕哭笑不得地說道：「我什麼時候說過不還給妳了？」

夏思思理直氣壯地回答：「你是沒有說過，但我感受到你的不情願！」

少年愣了愣，隨即乾笑了數聲，道：「妳想太多啦！只是現在都這麼晚了，我不方便帶妳到主神殿而已。」

雖然時間確實是其中一個因素，但其實卡斯帕對於幫夏思思復原聖物一事，還眞有點抗拒心理。

然而原因卻不是少女所說的捨不得，而是他實在需要很強大的心理建設，去承受聖物修復以後將出現的新形態！

雖然卡斯帕經常恐嚇夏思思，老是把碎片集合以後十之八九會恢復成聖劍這種話掛在口邊，可身爲聖物的第一任主人，卡斯帕自然清楚聖物會依照擁有者的不同幻化成最適合主人的形態。例如當初卡斯帕獲得聖物時，它變成了一支法杖，到了羅奈爾得手裡卻成了長劍。

於是問題來了，卡斯帕怎樣也想像不到聖物在夏思思手裡究竟會變成什麼怪東西啊！

夏思思不使用武器，甚至撤除一身魔力後就只是個手無縛雞之力的普通人。偏偏魔法師與祭司不同，沒有使用法杖的習慣，因此對於這代勇者的武器，卡斯帕可謂毫無頭緒。

猜不到也罷了，問題是這位勇者大人的性格實在……頗特別的，因此變出適合懶人怪東西的機率實在驚人地高，比如枕頭之類……

想像著勇者取出枕頭、要求要和羅奈爾得進行枕頭大戰的和諧場面，卡斯帕就覺得超羞恥的啊！因此總是下意識地把歸還勇者碎片的時間往後延，想不到卻被夏思思發現了。

女人的直覺什麼的……果然很神祕啊……

其實卡斯帕也很清楚碎片總有一天要交還給夏思思，他不會眞的一直不歸還。

現在少女的質問倒是讓他下定決心，羞恥就羞恥吧……反正從選夏思思當勇者時，他便已有這種覺悟了。

「我明白了，不過還是明天再還給妳吧！碎片融合時會發出強光，這異狀在晚上會很明顯，妳並不想太惹人注目的不是嗎？」

夏思思盯著卡斯帕看了一會，隨即點頭妥協道：「你別糊弄我啊！」

卡斯帕苦笑著，當眞神當成像他這樣沒威嚴還眞是鬱悶……

「那麼，你叫我過來就是想要問我取碎片的事嗎？如果是的話，那我先回房間了。」放下喝得見底的茶杯，夏思思乾脆俐落地告辭。

「哎，等一下，陪陪我說話又怎樣？現在的年輕人眞是愈來愈不懂得敬老。」

「……拜託你別頂著一張少年的臉說這種話，我都起雞皮疙瘩了。」夏思思滿臉黑線。雖然嘴巴這麼說，但卻開始動手泡第二杯紅茶。

刻意忽略夏思思大把大把加糖的動作，卡斯帕用著閒話家常的語氣說道：「思思，妳老實告訴我，這次要我同行至封印之地的目的吧！」

「不能說，要是我說了你一定不相信，而且還會反對，最後更不會和我一起過去了。」

「……我可以反悔嗎？」

夏思思笑咪咪地反問：「你說呢？」

卡斯帕嘆了口氣，隨即想起什麼般霍地抬起了臉：「對了！米高得知殺死瑪麗亞的凶手不是佛洛德以後，便一直鬧著要跟隨你們前往封印之地找羅奈爾得復仇。」

也許因爲他早已厭惡了僞裝成創造萬物的眞神，卡斯帕不喜歡呼喚闇之神的名號，卻也不願因爲說及對方的名字而引起祂的注意。因此每當與夏思思說到羅奈爾得時，卡斯帕總會使出由神力形成的結界屏蔽書房的動靜。

夏思思一臉不認同地抬首瞟了卡斯帕一眼，少女討厭一切浪費力氣的行爲。

「那你怎麼說？答應他了嗎？」

「怎麼可能!?米高只是個沒有自保能力的普通人，我怎能讓他去冒險？」

「那麼你說服他了嗎？」

「沒……」少年無奈地垂下肩膀，說道：「也許瑪麗亞的死對這孩子的打擊太大了，明明他一向是個唯唯諾諾的軟弱性格，可這次卻意外地堅持，我無法說服他。」

「那就讓他同行吧！」

「什麼!?」卡斯帕以爲自己聽錯了，下意識反問了聲。

夏思思喝下最後一口紅茶，起身笑道：「我欣賞有骨氣的孩子，所以決定讓他同行。」

卡斯帕抬頭看著眼前的少女，神情逐漸變得凝重，他道：「思思，妳在計畫著什麼？」

夏思思絕不是心軟的人，更不會不知輕重。相反地，她非常惜命，絕不會做出這種陷己方安危於不顧的決定！

夏思思語氣略帶撒嬌地說道：「我發誓我絕不是在胡鬧，卡斯帕你就幫我這個忙吧！」

少年挑了挑眉，雖然他很好奇少女到底在計畫什麼，不過他也知道即使問了，對方也不會說的。

「算我怕了妳……好吧！但別玩得太過火。」

不得不說，雖然夏思思這個學生老是不聽話，但卡斯帕其實還滿寵她的。

夏思思欣然一笑：「放心吧！我就只是想釣魚，看看會有什麼魚兒會來咬我的魚餌罷了。」

# ch.8 封印破裂！

第二天用過早餐，夏思思便催促著卡斯帕陪她到教廷總部，取回存放在那裡的聖物碎片。

卡斯帕在人間的身分是教廷尊貴的大祭司，有卡斯帕的帶領，夏思思這名從未在教廷總部露面、不稱職的勇者大人，一路暢行無阻，輕而易舉便來到了存放聖物的主神殿。

安放在聖壇上的碎片形態迥異，有的是一團光芒、有的看起來像閃爍著彩光的琉璃……無論這些碎片呈現什麼形態，它們不約而同地散發著讓人無法忽視的獨特氣息，一眼便能見識到它們的不凡。

夏思思從空間戒指中取出自伊妮卡體內分離出來的聖物碎片，竟是一支黑色的羽毛！

這是當伊妮卡背後的雙翼消散時，唯一保留形態沒有化爲虛無的黑羽。當時要不是夏思思已很熟悉聖物碎片的氣息，差點誤以爲這羽毛是什麼不祥的東西要把它消滅掉了！

即使如此，夏思思還是問了一下卡斯帕：「這東西沒有問題吧？」

卡斯帕神情複雜地看著眼前的黑羽，良久後才回答：「它的確是碎片的一部分。思思妳應該知道，當初聖物是結合我與羅奈爾得的力量創造出來的，這黑羽承繼了祂的部分力量。」

這次說到闇之神的名字時，卡斯帕沒有再張開結界，主神殿受到眾多信眾的信仰之力包圍。要說這世界最不會被闇之神入侵的地區，絕對非教廷總部莫屬！

卡斯帕把黑羽放在聖壇上，同時解除了用來保護碎片的神力，頓時，各形態迥異的碎片彷彿互相吸引般發出了刺眼的光芒！

這一天，王城的居民迎接了難忘的一天。

先是位處教廷總部附近的人忽然覺得頭上的陽光好像變得光亮了點，抬頭一看，驚見天上的白雲不知什麼時候全都往旁邊散開，留出一個圓形的空洞。

隨即蔚藍色的天空遠遠射來一道強光，這道充滿強大氣息的光柱直接射進教廷總部，即使大白天仍然非常惹人注目，吸引了全城人民的注意。

在光柱強大的氣勢下，不知是誰率先大喊了聲：「是神蹟！」於是愈來愈多人民跪了下來，虔誠地向這天地異象進行膜拜。

還好夏思思看不到這場面，不然只怕她又會以下犯上扯著卡斯帕的衣領罵對方是騙子。

在天空降下光柱的同時，身在主神殿的夏思思看到一道光芒直透神殿頂部落在碎片上，此時吸收了光柱蘊含力量的碎片光芒大盛，刺眼的光芒遮蔽了內裡碎片的形態。反正什麼也看不見，夏思思乾脆閉上雙眼靜待強光散去。

此時，卡斯帕的聲音響起：「思思，把手放進光柱中灌輸妳的魔力，讓聖物認主。」

少女聞言後立即把手伸進去並往光柱傳輸著魔力，包裹在光芒中的手感到一陣溫暖，就像放進溫度適宜的溫泉般非常舒適。隨即夏思思感到手心好像多了點東西，那物品輕飄飄的幾乎沒什麼重量，而且體積很小，絕不是刀劍等武器。

感覺到掌中平空多出了一樣東西後，刺眼無比的光芒瞬間被吸入夏思思掌中的小東西裡。等刺眼的強光全被聖物吸收以後，兩人終於看到少女掌心上的東西到底是什麼了。

「這就是……聖物嗎？」看著掌心上的聖物，夏思思神色複雜。

卡斯帕盯著聖物一臉無法置信，再離譜的東西他都猜想過，即使聖物變成一塊甜點他也不會覺得意外。可是，這次的聖物形態實在太讓他驚訝，讓他不得不懷疑是不是出了什麼問題。

無論怎麼看，這小東西與夏思思風馬牛不相及啊？

眞神大人猶豫著回答：「它的氣息絕對是聖物沒錯，但……會不會是有什麼地方弄錯了？」

夏思思用兩指把聖物拈起來看了看，隨即展顏一笑，道：「不！如果說這世上還有什麼武器是我擅長的話，就是它了！」

說罷，她便不再理會一臉不解的卡斯帕直接把東西收起來。見狀，少年也不再多說什麼，畢竟聖物是勇者對抗闇之神的最大倚仗，只要她覺得滿意就好了。

雖然他眞的不明白，這小東西究竟能有什麼作爲……

「既然如此，我們離開吧！」

夏思思剛步出主神殿，便已察覺到有古怪。

「小帕，你覺不覺得剛剛那些祭司看著我們的眼神很奇怪？」

「勇者與大祭司走在一起，難免會遇上幾名狂熱的粉絲，畢竟我們都是令人崇拜的存在。」

「可是我們進來的時候他們並沒有這樣啊……」少女一時無法釋懷，但也沒有往深處去想。

走了一會，夏思思忍不住再問：「你覺不覺得守護在主神殿的聖騎士人數少了很多？」

知道他們剛才的動靜絕對會驚天動地的卡斯帕強忍笑意，裝作若無其事地說道：「有嗎？妳記錯了吧？」

卡斯帕不說這句還好，他這麼說讓夏思思立即警覺起來。對擁有著變態記憶力的少女來說，她有自信自己絕不會記錯！

於是夏思思很乾脆地停下腳步：「你到底有什麼事情隱瞞著我？」

卡斯帕轉了轉眼睛說：「我一直在妳身邊，能有什麼事情瞞著妳了？思思妳到底走還是不走啊？」

雖然有種不祥的預感，可他們終究是要離開的；夏思思一臉狐疑地繼續尾隨著卡斯帕。

當夏思思從剛打開的總部大門往外看，立即嚇得「咻」地一聲退了回來，伸手便把總部大門關上！

外面那群朝總部膜拜的人到底是怎麼回事啊!?

夏思思的動作可說非常迅速，可惜毫無心理準備的她還是被身處人群前方的民眾看見了！

「那是勇者大人！」

「難道剛才的神蹟與勇者大人有關嗎？」

「不愧是思思大人！竟然能夠引發神蹟！」

「勇者大人是特意在雙月之日前，前來神殿向眞神禱告的嗎？」

人群亂哄哄地騷動著，還好外面早已有一眾聖騎士維持著秩序，再加上身爲信徒的民眾也不敢在眞神神殿前過於放肆，因此狀況雖有點小混亂，倒是沒有人試圖衝進去。

慌慌張張地退了回去，聽著外面傳來的聲響，夏思思一把扯起卡斯帕的衣領，低吼：「到底怎麼了!?你早就知道會這樣了嗎!?」

雖然是疑問句，但夏思思已經猜測到這場騷動必定與剛才融合碎片的異狀脫不了關係。

難怪總部內守衛的聖騎士人數少了，因爲他們都在外面維持秩序啊！也難怪祭司們看向自己的眼神那麼奇怪，他們一定知道剛才的異象是我們弄出來的吧!?

不是說白天融合碎片的話，異象便會不明顯嗎!?

憤怒的夏思思雙手一舉，便讓卡斯帕雙腿離地……才怪，以少女的臂力頂多把對方拉扯得踮起了腳尖而已。雖然她未能把人舉起，但夏思思的動作已惹得旁人頻頻側目。

卡斯帕掙扎了一會兒不果，倏地一腳踢在夏思思的小腿骨上，趁著少女痛得鬆手之際成功脫身。

圍觀的祭司們看得眼珠都突出來了。這還是他們那莊嚴聖潔的大祭司大人嗎!?

不理會摀住小腿跳獨腳舞的夏思思，卡斯帕微笑著轉向圍觀眾人。「大家聚集在這兒是太空閒了嗎？也許我該讓你們多出一點任務？」

一眾祭司立即一哄而散。

總算忍住疼痛的夏思思咬牙切齒地說出兩個字：「解釋！」

卡斯帕聳了聳肩：「沒有什麼好解釋的，就是碎片融合時所產生的天地異象把信徒都引過來了吧？看他們的樣子，十之八九以爲是天降神蹟了呢！」

「你不是說白天不會那麼顯眼的嗎？」

少年理所當然地回答：「我可沒有騙妳，現在有陽光作遮掩，所以只吸引了王城的居民。要是妳眞的選擇在晚上融合碎片，只怕那天地異象會連周邊幾座城鎮也驚動了呢！到時候就不是現在這般小打小鬧的了。」

夏思思想到剛才打開大門時的驚鴻一瞥，聚集在外面的民眾那充滿狂熱與崇拜的眼神，不禁在心裡吐槽：這也算是「小打小鬧」嗎!?

「總而言之你快點想辦法，現在外面這樣子我絕對不出去！要是延誤了重新封印闇之神的時機，讓祂破除了封印、跑了出來，可不關我的事。」

「放心，這個總部有一條直達城堡的密道，絕對能讓妳神不知鬼不覺地逃出去。」卡斯帕爽快地把神殿的祕密告訴了少女。能夠看到夏思思驚惶失措的樣子已經很滿足了，卡斯帕並不敢眞的把她逼得太緊。畢竟對方眞的撒手不幹的話，他可來不及再尋找新的勇者人選啊！

夏思思聽到有密道時立即雙眼發亮，順利來到密道的入口後更是誇張地露出了劫後餘生的神情。

「送到這裡便可以了，你們回去吧！」卡斯帕向幾名送行的祭司說道。聽到卡斯帕的吩咐，祭司們神色古怪地向兩人行了一禮後轉身離開。

也不怪他們的表情這麼古怪，因爲教廷成立至今那麼久，這條密道還是首次有人使用，而且使用的目的竟是爲了避開結集在外面的虔誠信徒……

就在夏思思與卡斯帕兩人經由密道成功返回城堡後，地面突然傳來一陣輕微的搖晃。

「嗯？地震嗎？」

感受著腳下傳來的微弱震動，在異世界初次感受到地震的夏思思並沒有太大的驚惶。畢竟王城受到多重結界保護，是絕不會輕易倒塌的。何況這小小的震動也不算猛烈，忍忍便會過去了。

就在少女靜候震動結束的時候，站在她身後的卡斯帕忽然沒有任何預兆地倒下了！

「小帕！」夏思思慌忙上前扶起少年，卻驚見卡斯帕用神力偽裝的平凡臉龐逐漸變回了絕美的精緻容貌，此刻倒臥在地面上的，已不是大祭司「伊修卡」，而是眞神「卡斯帕」！

「思思，別喊了！現在我的狀況不能被人發現。妳先扶我回房間裡。」卡斯帕吃力地說，這短短幾句話彷彿已耗盡了少年的體力，只見對方痛苦地皺起了眉頭低低地喘息著。

「剛才好還端端的，怎麼忽然便這樣了？」夏思思的嘴巴上雖然抱怨，可手上的動作卻毫不含糊。往卡斯帕身上施放飄浮術來減輕少年的體重後，夏思思便依言把對方攙扶至房間裡。

將卡斯帕安置在睡床上，經過短暫的休息後，少年總算重新回復說話的力氣，臉上勾起一個虛弱的笑容。「思思，羅奈爾得剛剛撕裂封印跑出來了！」

「什麼!?」夏思思大驚失色地驚呼。

這容不得她不震驚啊！不是說羅奈爾得每五百年拚死拚活也只能把封印撐出一條裂縫，然後當闇之神集中所有力量破除封印時，才是勇者重新將封印加固的好時機嗎!?

那……說好的封印裂縫呢？根本就什麼先兆都沒有，人家已經衝破了封印好不好!?

一下子從加固封印的「Lv. Easy」變成了擊殺闇之神的「Lv. Hard」……可以不要這麼刺激呀!?

夏思思在心裡瘋狂吐槽，此刻她非常、非常想辭職。

勇者這份工作根本就不是人幹的！

雖然是這種危急狀況，可是看到夏思思的臉一陣青紅交錯，卡斯帕還是被她變幻莫測的神色逗得笑了出來——縱使他發出幾聲笑聲後，腦袋立即傳來強烈的暈眩感。

「是我低估了羅奈爾得，這些年來祂是努力破解著封印沒錯，可是祂並沒有使盡全力。經過那麼多年，祂終於蓄積了足夠的力量一舉打破封印……我，我比不上祂。」

「那現在該怎麼辦？」夏思思六神無主地問道。

「唯一的方法只剩下正面擊敗羅奈爾得一途，思思，一切就拜託妳了！」

拜託你妹！

比起羅奈爾得，現在夏思思更想先把眼前這名將所有事情都推給自己的眞神幹掉！

「等等！你這次說到闇之神的時候不用設下結界了？」

「祂已經從結界裡出來了，妳認爲憑我現在的狀況，那些小小的禁音結界能夠阻止祂竊聽嗎？何況剛剛說的話也沒有什麼不能讓祂知道的，思思妳身爲這代的勇者，正面迎擊羅奈爾得是理所當然的吧？」

「反對！明明先前說好的不是這樣……嗯？小、小帕，你怎麼了!?」

夏思思正要發飆，卻發現卡斯帕突然沒了聲息。

少年緊閉雙眼，臉色蒼白得不行，要不是胸口還有微弱的起伏，夏思思差點兒以爲對方已經不行了！

就在少女驚呼的瞬間，卡斯帕一頭淡金色的美麗髮絲竟從髮根開始緩緩褪色，最後成了失去色彩的純白。

卡斯帕的白髮像在訴說著少年的生命正緩緩流逝似地，不像精靈族的銀色髮絲那樣讓人感到驚艷與美麗，沒有絲毫光澤的蒼白髮色讓昏睡的少年看起來非常柔弱，彷彿下一秒便會消失不見。

點點虛幻的金色光粉從少年體內飄散出來，夏思思不知道這些細碎的金色光芒究竟代表著卡斯帕的神力還是生命力，她唯一的想法便是——繼續這樣下去絕對非常不妙！

「小帕，你等我一下，我去找人救你！」

即使卡斯帕的事情不能大肆張揚，縱使她的舉動會讓少年的真實身分曝光，真神倒下的消息更會令人類一方軍心大亂，可現在夏思思已經什麼也顧不上了！

「思思，等一下，妳先別慌。」

就在夏思思正要衝出去找人救命之際，一副甜美動聽、似曾相識的女性嗓音從房間內響起。

一顆散發著光芒的種子從夏思思髮間飄浮而出——體積很小、外形像蒲公英的種子。

對於這顆金色種子夏思思一點兒也不陌生，因爲這些種子曾經數以萬計地隨風飄揚，形成了讓她永世難忘的壯麗景色！

那是妖精族的聖域，是母樹所在的妖精原野！

似曾相識的女聲少了往日的俏皮，卻多了一絲凝重，夏思思不確定地問道：

「妳是……母樹？」

隨著夏思思的詢問，種子閃過一陣金光，瞬間幻化成一道俏麗的少女身影！

「眞的是妳⁉妳不是無法離開原野嗎？」

這名看起來只有二八年華、一點兒也不像個當媽的人的美麗少女，正是無數妖精的母親，其眞身是孕育出妖精一族的母樹！

「我的本體是在原野紮根沒錯，但我可以把意念附在其他物體上。」母樹邊解釋，邊伸手輕拂卡斯帕的額角。隨著她的動作，一道混集著光明與生命氣息的能量注入對方體內，頓時止住了卡斯帕力量的流逝。

不光如此，這道與卡斯帕的神力有著非常相近氣息的力量還爲昏睡的少年補充了些消散的神力。雖然卡斯帕仍舊昏迷不醒，可是臉龐卻起了一絲紅暈，不再像先前那樣蒼白了。

「這是⁉」

「很久以前，我曾經給予卡斯帕一串水晶樹葉，於是祂贈送了一股神力給我作爲謝禮。經過漫長的歲月，那道神力已完全與我的力量融合、變成一股新的力量，不過源頭終究是相同的。能夠對他有所幫助眞是太好了！」

聽到母樹的話以後，夏思思吁了口氣，全力維繫著的封印受到破壞，身爲封印施法者的卡斯帕因而受到嚴重的反噬。幸好母樹輸出的這股力量能夠充盈少年流失的神力，不然這次只怕是危險了。

母樹一臉嚴肅地向夏思思保證道：「思思，妳去完成妳的責任吧！我會看護著卡斯帕的，相信再過不久他便能醒過來了。」

夏思思點了點頭，看到卡斯帕脫離危險後，少女總算有心情問起困惑著自己的問題，「剛剛那顆種子……一直藏在我的髮間嗎？」

從種子飄浮出來的那刻起，夏思思便對這個問題特別在意。

要知道她雖然懶，但每天都有洗頭！怎麼可能一顆種子藏在頭髮裡，自己竟渾然不覺!?

看著少女糾結的神情，母樹笑道：「是居住在長髮裡的元素精靈開闢了一個空間入口放我進去的。」

夏思思的表情變得更加糾結了。

現在這種狀況，聽起來就像是讓朋友借住了自己的房子，可我的頭髮並不是出租公寓耶！

對於房客數量增加、而自己卻毫不知情這一點，身爲房東的夏思思表示壓力實在很大……

# 尾聲

出了卡斯帕的房間，夏思思驚覺外面已是一片兵荒馬亂。

少女之所以覺得搖晃並不嚴重，主要是因王城受到結界保護，而城堡更是防護的重點。不過王城以外的地區就沒這麼幸運了，雖然還不至於把建築物震得全都倒塌，可是突如其來的地震足以在人群間造成恐慌。

「各位，闇之神已打破封印重獲自由，我們要立即趕往封印之地！」取出瑪麗亞贈予的通訊用小別針，夏思思邊跑邊呼喚著一眾同伴！

當夏思思到達集合地點時，眾人的臉色都不太好看。畢竟闇之神一舉打破結界，這是從未在歷史上發生的事情。

「情況怎樣？」少女剛現身便立即發話，希望能以最快的速度掌握狀況。

「各地出現了妖獸潮，根據牠們前進的路線判斷，目標是王城以及封印之地。我已經下令駐守在周邊城鎮的軍隊以保護人民爲主，我們會把主力迎擊的地點定於王城及西方要塞！」布萊恩說道。

「阿蒂爾城的那些魔族呢？」

這次是佛洛德回答：「他們全被我先前設置在城內的結界所困，暫時興不起任何風浪。陛下已派遣軍隊前去支援，加上駐守在城外的人數，要殲滅他們相信不會太困難。」

「思思，妳怎會知道是闇之神破解了封印？」埃德加詢問。

夏思思自然不會告訴眾人眞相。「是伊修卡告訴我的。現在他正在房間裡領受著眞神的神諭，如果沒有事情不要去打擾他。」

眾人點了點頭，沒有懷疑少女所言。伊修卡身爲唯一能與眞神溝通的大祭司，夏思思這番話合情合理，而且他們不認爲對方有騙人的理由。

解答了同伴的疑惑後，夏思思轉向有點畏縮地站在眾人身後的米高。「伊修卡已經告訴我了，米高，你想和我們一起前往封印之地嗎？」

被勇者問話，少年有點侷促地回答：「是……是的！我不能原諒殺死老師的凶手！我要親自去質問闇之神爲什麼要殺死老師！」

埃德加皺起眉頭喝斥道：「別胡鬧了！我們不會讓你同行的！」

米高原還想再說什麼，夏思思卻搶先道：「就讓他一起去吧！他的安全由我負責。」

聽到少女的話，眾人皆露出驚訝的表情，心想夏思思什麼時候變得那麼熱心!?

「思思，怎麼妳也一起胡鬧了？這件事情不用再討論了，米高根本就不適合同行！」埃德加從來就不是個好說話的人，雖然他在重大決策上大都聽取夏思思的意見，可是每當遇上這種不可靠的發言，任憑發言人的身分再高，他也絕對會反對到底的！

此時，埃德加收到了夏思思偷偷使出的魔法傳音。

聽到少女暗地裡傳來的話語，聖騎士長雙眼滿布震驚。良久，才以乾澀的聲音說道：「我明白了……那就讓米高同行吧！」

眾人看了看夏思思，再看了看埃德加，全都好奇少女究竟是怎麼說服這名固執的騎士長。雖然艾莉等人不贊成讓米高同行，但既然團隊中兩名最高領導人都發話了，身為軍人的他們只能選擇服從。

至於奈伊，從來都是夏思思說什麼便是什麼。

「思思，聖物已成功融合了嗎？」感受到少女身上傳來一股特別的氣息，奈伊好奇地詢問。

聞言，眾人看著兩手空空的夏思思，不禁露出好奇的神情。

夏思思自信滿滿地笑道：「放心吧！聖物已化成非常棒的形態。不過那是我的絕招，現在可不能讓你們知道。」

少女的話讓一眾同伴更爲好奇，但他們深知夏思思的脾氣，眞要隱瞞便會隱瞞至最後一刻，因此都按捺著不再深究，反正勇者大人與闇之神對決的時候，他們自然就會知道了。

「佛洛德，這次又要拜託你了！」

北方賢者頷首，道：「一切小心！」

就在步進黑洞的夏思思身影快要消失之際，少女忽然轉身向佛洛德說道：「差點忘了！要是小帕……也就是伊修卡啦！要是他禱告完畢以後步出房間，請幫忙把他傳送過來，他先前答應過會來封印之地幫忙的！」

夏思思說罷，不等佛洛德答覆便繼續往黑洞內走去。

接下來，將是關乎人類命運的一戰。
最後一場降魔戰爭！

《懶散勇者物語・卷九》完

# SIDE STORY
# 特別任務

這是夏思思等人與龍王諾頓分道揚鑣以後，所發生的小故事。

「抱歉，旅館只剩下兩間客房。不過城西還有一間旅館，也許你們可以去碰碰運氣。」旅館老闆一臉肉疼地說道。任誰把生意往外推都不會高興的，何況眼前這五名年輕人未必願意分開投宿，要是他們決定全住到另一間旅館，那他這次可真是虧大了。

要是這五人全都是男性的話，也許還能遊說他們擠一擠，可是這一群卻是四男一女的組合，因此老闆只能爽快地把情況交代清楚，至少還能博取顧客的好感。

只見團隊中一名金髮俊美青年皺了皺眉，隨即說道：「抱歉，既然如此我們只好往城西投宿了。」

聽到青年的話，老闆只得露出苦澀的笑容說道：「不……既然房間不夠那也沒辦法……」

此時一直處在隊伍後方、一臉昏昏欲睡的少女忽然走上前：「我不要再走了！我決定要在這裡住下來。」

峰迴路轉的狀況讓老闆心頭一喜，不禁滿懷希望地往先前出言要離開的金髮青年看過去。

這五人自然是勇者一行人了。途經這座小城鎮的他們，本來只是想暫住一天，想不到卻遇上了旅館房間不夠的困境。

城鎮面積不大，與城西的距離其實不遠。既然夏思思不肯再走，那埃德加便從善如流地說道：「好吧！既然如此……」

「既然如此，我與小埃一起往城西投宿好了！」不怕死地打斷了冰山隊長發言的人，正是笑得一臉歡快的艾維斯。

「爲什麼是我跟你!?」不知是不是錯覺，但在埃德加冷著一張臉低吼出這句話以後，旅館的溫度好像明顯下降了……

艾維斯露出驚訝的神情：「欸!?你是要把奈伊與思思分開嗎？」

「我、我想和思思一起。」奈伊立即緊張地看著埃德加，可憐兮兮的眼神就連冰山隊長也不忍拒絕他的要求。

艾維斯嘴角勾起勝利的微笑，神情就像頭偷笑的狐狸：「又或者，你放心讓我留下來與思思一起？你不怕我們惹事嗎？」

聞言，埃德加眉宇間的皺褶變得更深了。夏思思與艾維斯在一起的惹禍本領絕對不容小覷，要是沒有他在旁剋制的話……

「那可以是奈伊與小埃一起留下來陪我啊！」夏思思忍不住發言。其實對少女來說，誰和她一起留下來都無所謂，但她就是好奇爲什麼這個組合不行。

艾維斯笑道：「可以啊！要是凱文能夠好好看著我不讓我惹事的話。」

青年這番話語帶威脅，擺明了要是埃德加不陪著自己的話他便要去惹事！

「不用說了，我與艾維斯一起往城西的旅館投宿。」埃德加當機立斷。騎士長很清楚他的掙扎在艾維斯面前都是兒戲，只會給他增加優越感和成就感。

埃德加如此爽快地答允下來，反倒讓艾維斯感到非常沒趣。其實他要求兩人同行也不是想要做什麼，就只是想讓埃德加不自在。

最近逗逗冰山隊長已經成爲艾維斯的最大娛樂，這「遊戲」有著生命受到威脅的危機感，以及破冰的成就感，實在讓他欲罷不能吶！

結果兩人來到城西旅館後，卻再度出現意料之外的狀況。

這間旅館的的老闆娘是名頗具姿色的少婦。聽到兩人想要投宿後，她用非常八卦的目光上下打量了埃德加與艾維斯一番，說出了經常出現在言情小說的經典台詞：「兩位很抱歉，本旅館只剩下一間客房了。」

聞言，埃德加露出不爽的神色，艾維斯則是很爽快地笑道：「既然如此我們共住一間好了。」

不知爲何，老闆娘聽到這句話以後雙眼一亮，看向兩人的目光中頗具深意，隨即探頭至樓梯往樓上喊了聲：「愛瑪！下來帶客人到房間！」

隨著老闆娘的呼喊，樓上咚咚咚地跑下了一名束著兩條小辮子、年約十歲的女孩。

「這是我女兒愛瑪，有什麼事情你們可以找她幫忙。」

剛安頓好，房間的木門便被人敲響。知道是旅館的人送上熱水，兩人也沒有在意，喊了聲「進來」後逕自繼續整理行裝。

愛瑪的年紀不大，然而從小在旅館幫忙的她身手俐落，輕輕鬆鬆便把盛水的水盤穩妥放下。女孩好奇地打量著兩人，大部分視線放在艾維斯身上。

「怎麼了？」艾維斯停下手上的動作，疑惑地挑了挑眉。

「大哥哥帶著長劍，你們是傭兵嗎？」愛瑪工作時看起來非常穩重，可是一說話便顯得非常大剌剌，完全一副小男生的模樣。

「嗯，對啊！愛瑪一猜便中呢！眞聰明！」雖然他們對外的統一身分是劍士，可是既然愛瑪這樣問，艾維斯便順著女孩的猜測回答。

由於勇者大人從來不看時間、每每途經城鎭便會選擇留宿的關係，因此時間還早得很，艾維斯不介意與這名活潑的小孩閒聊打發時間。

至於一旁埃德加那副「求獨處、求安靜」的冰冷神情，則被這一大一小華麗地無視了。

艾維斯是因爲根本就不怕埃德加，至於愛瑪……靑年在心裡暗暗感嘆：多粗線條的孩子啊！

就在兩人閒聊得興高采烈之際，愛瑪突然一甩手把一樣東西往靑年身上丟去！

雖然孩子的動作突然，但要偷襲艾維斯顯然還不夠格，青年輕輕鬆鬆便閃避開了；同時，埃德加迅速來到愛瑪身前，單手就把女孩控制住！

「小埃住手！」害怕埃德加會傷害到女孩，艾維斯連忙出言制止。此時騎士長也看清楚愛瑪丟出來的東西到底是什麼——竟是隻背部長滿疙瘩的蟾蜍！

揉了揉剛剛被埃德加反剪在身後的手腕，愛瑪不但沒有哭，還一臉興奮地仰起了小臉：「你們果然很厲害！比老是吹噓著自己很強的山迪大叔強多了！」

「……」

把兩人的沉默歸因於對蟾蜍的害怕，愛瑪一手抓住在床上跳跳跳的蟾蜍，並將這隻賣相極不討好的小動物高舉在兩人面前說道：「放心！牠沒有毒的！」

艾維斯按住女孩不停嘗試把蟾蜍塞往自己臉上的手，問道：「愛瑪，妳是有什麼事情想和我們說嗎？」

這個心裡藏不住話的孩子，從談話開始，艾維斯就已多次察覺到女孩欲言又止。

聽到艾維斯的詢問，本來非常活潑的孩子突然變得沒精神，只見她鬱鬱寡歡地說：「其實是這樣的……」

原來在短短一星期內，這座城鎮已經有多名年輕少女失蹤。根據治安官的猜測，也許是近期遷移至這裡的一群山賊所爲。

愛瑪的一個好朋友、比她大四歲的貝拉就是其中一名受害者。

可惜誰也不知道那些山賊藏身的位置，因此這些少女至今未能尋回。

「我想要雇用你們尋回貝拉還有其他失蹤的姊姊，這幾年我一直在店內幫忙，存了很多零用錢，我能夠給你們酬金的！」愛瑪請求道。

兩人對望一眼後，艾維斯抓了抓頭，道：「幫忙並不是問題……只是那麼多人出動也找不到那些失蹤的女生，妳爲什麼會認爲我和小埃能夠成功？」

愛瑪雙眼發亮地說：「這很簡單！艾維斯哥哥……不！艾維斯姊姊妳長得那麼漂亮，只要穿回女裝的話，一定可以把那些壞蛋引出來的！媽媽早就猜到妳是女扮男裝方便在外面活動的女孩子了，所以艾維斯姊姊妳不用繼續隱瞞我，我不會把妳是女生的事情說出去的！」

說罷，小女孩興奮地揮了揮拳頭，彷佛已看到艾維斯把壞人收拾一番的畫面。

埃德加嘴角一抽，心想這小傢伙竟然將艾維斯當女人了？萬一艾維斯因而發飆的話倒是麻煩……

如此想著的騎士長，皺起眉頭往艾維斯身上看去。卻見對方沒有如想像中般勃然大怒，艾維斯一雙翠綠眼珠子滴溜溜地亂轉，不知道心裡到底在盤算著什麼。

埃德加見狀，莫名地在心中泛起了一種不祥的預感。

「小埃，難怪剛剛老闆娘看我們的眼神那麼曖昧了。」

「？」

「你還想不到嗎？愛瑪誤以為我是女生，而且從剛剛的對話可知老闆娘也誤會了。然後我們兩人住同一間房……」

埃德加雙眼猛然瞪大，一臉難以置信地看著艾維斯。

只見艾維斯向他拋了個媚眼，那一刻的風情絕對可以秒殺方圓十里內的生物，而且不論年紀、性別，因為連愛瑪也中招了。埃德加愣了下，嘆了口氣以後搖了搖頭。

他身為潔身自愛、嚴以律己的聖騎士，這還是第一次被人誤以為是同性戀！

說是同性戀也不太對……老闆娘與愛瑪明顯是把艾維斯當女生看了……

可是感覺還是超詭異的！

騎士長非常糾結，而艾維斯則是笑著向愛瑪說道：「妳的委託我們接下了！不過要先找一套女裝給我穿才行。」

目瞪口呆地看著一大一小離開房間，埃德加的冰山表情破碎成千千萬萬片。

他是認眞的嗎!?

結果艾維斯竟眞的向老闆娘借了裙子穿，當老闆娘得知這名被她誤以為是女生、長相相當清秀漂亮的人是名青年時，滿臉不可思議地打量了艾維斯許久，這讓青年感到鬱悶不已。

雖然他從沒少被人亂猜性別，可如此光明正大地將疑問表達出來的人，這對母女還是排第一啊！

艾維斯與老闆娘一起挑選衣服時埃德加一直冷眼旁觀，既沒有像艾維斯明確地說要幫忙，卻也沒有拒絕愛瑪的請求。

愛瑪想再問問這名冷冰冰的大哥哥，可是縱然這孩子再粗線條，但在冰山隊長的面前還是顯得勇氣不足。

她不知道埃德加的氣場雖然嚇人了點，但其實比表面看起來和善的艾維斯好說話多了。以騎士長認真的性格，他對於這種事情是絕對不會置之不理的。反而是艾維斯的性情隨心所欲，這次答應幫忙也只是覺得好玩而已。

從屏風後現身的艾維斯已經改頭換面了。

青年的骨架本就纖細，穿起裙子來沒有絲毫違和感。及膝的裙子下，一雙漂亮的長腿又直又細，艾維斯還細心地在脖子圍一條領巾將喉結遮住。現在只要他不說話，便活脫脫是名美麗的女子！

埃德加看得瞬間出神，隨即青年移開了視線，臉上浮現的紅暈顯示出內心並不如表面平靜。

隨即，騎士長小聲說出自己的感想：「太大了……」

這個人到底在胸口塞了什麼啊!?

艾維斯一臉驕傲地挺了挺胸。「是嗎？難怪我覺得胸口這邊有點緊。」

騎士長嘴角一抽。

你到底在驕傲什麼啊!?你現在的身材根本就是假的好不好！

一句話把埃德加刺激得幾乎要吐血，艾維斯再度躲回屏風後。當青年再次出來時，那大得誇張的巨乳已變成了合理的大小……

「走吧！」向埃德加回眸一笑，換上女裝以後的艾維斯，無論是外表還是神態都像極了真正的女性，這讓騎士長感到非常不適應。

「怎麼？你不走嗎？放任那些山賊不管的話，不知道還有多少小姑娘會落入他們的手裡呢！」

聽到艾維斯的話，埃德加神色一凜，身上迸發出濃烈的殺意：「我有說過不去嗎？」

看到穿上女裝的艾維斯出落得比女生還漂亮，老闆娘與愛瑪呆滯半晌以後皆露出驚喜的神情，繞著青年團團轉地打量著。

「艾維斯姊姊！你真漂亮！」現在愛瑪已經心安理得地喊人家「姊姊」了。雖然她知道艾維斯的真實性別，可面對如此美人，要她喊哥哥真的說不出口。

老闆娘也喜孜孜地說道：「艾維斯你放心，要是我是山賊的話一定搶你！」

聽到這兩人的話，饒是能言善辯的艾維斯也不知該說什麼才好。

結果老闆娘的預言很快便成真了，穿女裝的艾維斯只是在眾多少女失蹤的森林裡閒逛一圈，就輕易地遇上了山賊的襲擊！

這讓本已做好心理準備、也許一整天也未必有魚兒上鉤的兩名青年感到非常訝異，看著艾維斯假哭著被山賊押走，埃德加哭笑不得地隱藏著身影，遠遠尾隨在他們身後。

這次的對手只是一些普通的山賊，無論是艾維斯還是埃德加，都不打算驚動夏思思他們。只要找到山賊的巢穴位置，憑兩人的身手，要擊敗他們是輕而易舉的事。何況山賊把那些少女抓走以後絕不會是讓她們吃好喝好地供養著，夏思思終究是女孩子，他們不希望讓她看到這種不堪的場面。

艾維斯的女生扮相雖然漂亮得沒話說，可惜一說話便會露出馬腳。因此青年乾脆一不做、二不休直接扮演一名啞女。被山賊押走時逕自尖起嗓子發出「嗚嗚嗚」的低泣聲，倒沒有引起敵人的懷疑。

兩名山賊一左一右地押著艾維斯往森林深處走，他們很快便察覺到這名少女不但很弱，而且還不能說話，卻不知道這頭在他們眼中的柔弱綿羊，其實是披著羊皮的狼！

其中一名棕髮山賊看著艾維斯楚楚可憐的美麗臉龐不禁心猿意馬，更一臉輕薄地伸手摸了摸青年的臉。

艾維斯假裝驚惶地往後瑟縮了一下，引得山賊發出肆無忌憚的大笑。卻不知道在他動手動腳的同時，艾維斯已在心裡發狠地決定這個人用哪隻手摸過他，他便把哪隻手斬下來！

另一名山賊警告道：「你別胡來！這些女孩已找到買家了，我們可不能動。」

棕髮山賊笑道：「這女生長得那麼漂亮，說不定老大會把人留下來呢！不過今天的運氣眞不錯，花不到半天便抓到兩個高檔貨。今早那個雖然性情冷了點，但氣質眞的沒話說，還有那張臉，嘖嘖！」說罷，男子還一臉變態地舐了舐嘴唇。

「這些並不是我們能決定的事，要是老大決定把人留下，難道還會少了我們的好處嗎？現在老大沒發話，你可別胡來。」

尾隨在後的埃德加，看到艾維斯被人輕薄時不禁有種出了口惡氣的感覺，然而隨即卻又有點不爽。即使艾維斯再可惡也終究是同伴啊！怎樣也不能眼睜睜看著他被人欺侮。

埃德加決定要是那些山賊繼續動手動腳的話他就要出手了，頂多花點時間嚴刑逼供，就不信對方不供出少女們的藏身之處！

還好兩名山賊說了一陣子話以後便沒有繼續不規矩的動作，於是埃德加收起了現身的心思，繼續潛伏著。

就在此時，青年倏地心生警兆。

「誰!?」埃德加低喝了聲，同時迅速將腰間長劍拔出，並指向樹林間什麼也沒有的陰影處。

「眞厲害！想不到我只是不小心洩露了一點氣息，你便能察覺到我的存在。」黑暗中傳來一個充滿磁性的男性嗓音。光是聽到聲音，就已讓人產生聲音的主人一定是個性感得不得了的男人的想法。

隨即林蔭間一道人影逐漸顯現，這名不知是敵是友的男子有著一張猶如神祇般的俊美臉龐，金紅色的大鬈長髮有種華麗感。他只是似笑非笑地站在這裡，就已有著讓人無法忽視的魅力。埃德加見過的美男子不少，他自己也是長相俊朗挺拔的青年，可是外表再出色的人，與這名男子站在一起都會黯然失色。有些人天生就會吸引他人的目光，眼前這性感到骨子裡的俊美男子顯然就是這種類型。

面對一臉警戒的埃德加，男子笑道：「放心，我並沒有惡意。只是因爲我的同伴也被那些人抓走了，因此才尾隨著他們。剛剛他們押著的小美人是你的朋友嗎？」

聽到男子的說法，埃德加雖然收斂了敵意，卻沒有放鬆戒備，點了點頭算是回答對方的提問。

男子微笑道：「既然如此，我們一起走吧！也好有個照應。」

埃德加猶豫了片刻才答允下來。這個男人給他一種深不可測的危險感，但至少經過初步的交流，對方對自己沒有惡意這點應該是真的。

就在埃德加與神祕男子一起尾隨在山賊身後之際，艾維斯已被押送至山賊的大本營，也看到了先前棕髮山賊心心念念著的美人。

當艾維斯見到這人時，他第一時間想到的形容詞是——乾淨！

這個人應該是人類與其他種族的混血兒，對方有著一頭月色的髮絲，以及銀紫色的眼瞳，長相如同洋娃娃般精緻美麗。

最讓青年驚訝的一點是，這美人是名少年！

艾維斯撇了撇嘴，早知道山賊抓人是男女不拘的話，自己就不用男扮女裝這麼麻煩了！

不過也難怪這少年會被抓，艾維斯還是第一次看到這種猶如水晶般剔透的人兒。並非埃德加那種銳利的深寒，少年一身清清冷冷的氣質讓他有種特別的魅力。

「妳也是被他們抓來的嗎？」少年怎麼看都不像是健談的人，可當押送艾維斯的山賊離開後卻主動與青年說話，一時間竟讓艾維斯有種受寵若驚的感覺。

「不！我是來救你們的。你知道其他女生被關在哪裡嗎？」面對受害者，艾維斯並沒有隱瞞，爽快地表明來意。

少年聽到艾維斯的男性嗓音時露出訝異的神情，但隨即便恢復了冰冷的面容，續道：「那些女孩被困在山洞的另一邊，山賊似乎想要賣掉她們。至於關在這裡的我們則留待今晚給他們的老大『享用』。」說到那些山賊時，少年一身清冷的氣質忽然大變，彷如實體般的殺意讓艾維斯驚訝地睜大雙眼，他實在想不到眼前的少年竟是名高手。

帶有濃烈血腥味的殺氣來得快、去得也快，見到艾維斯震驚防備的神情，少年淡然說道：「你不用這麼戒備，我現在只是個跑也跑不快的廢人而已。」

看艾維斯一臉不相信的神情，少年解釋：「你應該看出我並不是純正的人類吧？我是人族與精靈族的混血兒，可惜我所承繼的精靈血脈過於稀薄，以致血脈覺醒的儀式以失敗告終。雖然我的壽命因而延長，可是身體卻變得十分虛弱。若是以前，這些山賊又怎會是我的對手？」

說到這裡，少年紫水晶般的美麗眼眸閃過一絲令人心悸的狠辣。

「呃……你放心吧！我的同伴很快就會來救我們出去了。」乾笑了數聲，艾維斯表示壓力很大，這名漂亮的少年出乎意料地可怕啊！

還好在青年心裡吶喊的同時，埃德加與那名神祕男子已然趕到，兩人如同殺入羊群的餓狼，輕輕鬆鬆便把一眾山賊擊殺得絲毫沒有還手之力。

長相異常俊美的男子看到少年後，用著低沉動聽得讓人產生酥麻感的嗓音笑道：「花花，我來救你了！」

艾維斯因男子的笑容而恍了恍神，隨即忍不住低呼：「見鬼了！這個渾身散發著驚人費洛蒙的傢伙到底是誰啊!?」

男子一劍破開困住兩人的木柵欄後，很紳士地伸出手讓艾維斯可以扶著自己跨過地上的木塊：「美人願意問我的名字是我的榮幸，我叫伊里亞德，這位是我的同伴花花。」

被同伴稱爲「花花」的少年殺氣騰騰地說道：「我叫納瑟斯！」

與冒充傭兵的艾維斯不同，伊里亞德是名正式在傭兵公會登記過的註冊傭兵。把山賊都打殘以後，他便和納瑟斯一起，領著一眾被救出的少女喜不自勝地去交任務了。

看著「戰利品」全被這對神祕的組合帶走，兩人沉默良久，埃德加忽然想起愛瑪的獎金：「你回去後，眞的會收愛瑪的金幣嗎？」

艾維斯挑了挑眉，道：「怎麼了？難道因爲是小孩子，所以不用付出代價了嗎？世上哪有這麼好的事情。」

埃德加沒有說話，他不會去要愛瑪的獎金，但也不認爲應該阻止艾維斯獲得應得的獎賞。

「不過如果愛瑪願意把那隻蟾蜍送我，那我就不收她的錢了。」

「你要那東西做什麼!?」

「我一直很好奇思思會不會怕這些小動物，正好拿來試驗一下。」

「……」

「那麼，小埃你到外面去等我一下吧！」

埃德加疑惑地看了看微笑著的青年，最終還是走了出去。

艾維斯從腰帶裡取出藏在裡頭的匕首，視線來回在一眾被擊倒在地的山賊裡搜尋著，最終定在一名棕髮山賊的身上。

青年的笑容很甜美，宛如一朵帶刺玫瑰。「你說，當時是用哪隻手摸我的？」

□

納瑟斯忽然停下了前進的腳步，回頭看向山賊藏身的洞穴。

「怎麼了？」伊里亞德問。

「沒什麼……就是覺得現在的孩子真不簡單。」

伊里亞德笑道：「嗯！那兩人很不錯，金髮那個應該是名聖騎士，他的劍法與身上的氣息有教廷的影子。」

納瑟斯沒有說話，逕自繼續前進。

伊里亞德也不在意，自顧自地說道：「你也別沮喪，我一定會找到方法治好你的身體，讓你恢復實力的。到時候你和我一起當傭兵吧！我們這種人，要找一個能夠陪伴在側的人可不容易。」

看少年仍是不回話，伊里亞德露出讓尾隨在身後一眾少女神魂顛倒的笑容、鍥而不捨地問：「美人，你的意見呢？是答應、贊成，還是同意？」

納瑟斯白了他一眼，道：「等你眞的把我治好再說吧！」

可少年自己卻不知道，當他說這句話時，嘴角不由自主地勾起了一個美麗無比的笑容。

〈特別任務〉完

特別附錄 (^O^)/
感謝大家長久以來對《懶散》的支持！

# 後記

大家好！寫這篇後記時正好是二〇一四年一月一日。

剛剛度過的跨年夜，被喻爲與喜歡的人一起，便能一生一世（1314）的日子呢！大家也與戀人或親人一起度過了嗎？

新的一年，祝各位事事如意，新年快樂！

最近天氣變得好冷啊！就算在家裡把窗戶都關了起來，也總是有不知道哪來的怪風經由不知道存在哪的狹縫透進屋子裡。害我每天抱著電熱水袋才能生存……不得不說，發明電熱水袋的人眞的太偉大了！

前幾天因爲貪吃，吃掉大量的油炸食物（如薯條、咖哩角、炸魷魚鬚），導致嚴重的喉嚨痛。現在喉嚨痛倒是減輕了不少，但接著迎來的卻是咳嗽與鼻水這種疑似感冒的症狀。

媽媽說我是感冒了，可明明我不適的起因是因爲那些油炸食物啊！到底我是因爲喉嚨痛而引發感冒（很好奇其實會嗎？），還是本身已感冒了所以喉嚨痛呢？謎……

無論如何，生病的時候特別能體會到健康的寶貴。最近天氣那麼冷，也請大家小心保暖喔！還有去玩的時候不要像我這樣貪吃啊！

這一年的冬天豆丁不知道是不是因爲成長爲健壯青年的關係，明顯沒有前兩年那麼怕冷了。雖然仍是經常窩在暖暖的小屋子裡，但偶爾還是會跑出來活動。

不知不覺小王子已經兩歲了，豆丁是我第一隻飼養的松鼠。當時我也是在如現在般寒冷的冬天把只有四個月大的牠抱回家；那時曾擔心會不會養不大，幸好牠健康地成長了，而且非常招人疼。

在決定飼養時我已看過不少松鼠的相關資料，知道牠們是殘留著野性、很頑皮的小東西。

結果豆丁卻不咬籠、不咬木跳板、不咬人，晚上不吵不鬧，這孩子怎能如此乖

巧啊!?說好的小破壞王呢?會不會太幸福啦XD

希望豆丁能一直健健康康的,繼續陪伴著我度過往後的春夏秋冬。

□

故事來到第九集已經接近尾聲了,這一集思思等人終於讓賢者大人重新投入人類的一方,雖然手法有點卑鄙……但結果終究是好的不是嗎?

佛洛德與伊妮卡這對戀人雖然戲分不算多,但他們卻是貫穿全書劇情、與不少人或事物牽連至深的重要角色。

從思思等人爲了尋找賢者的蹤影而出發開始,接二連三地牽引出不少與這兩人有關的故事,如艾莉體內的魔化、緋劍家族的祕聞、奧汀與葛列格曾有過的一面之緣、雙月之日的約定、亞伯特的出現、龍王兄妹的封印之謎,還有殺死瑪麗亞的嫌疑……

可以說,如果沒有他們,那思思她的冒險便會變得完全不一樣。

對於這兩個重要、可是戲分卻不算多的角色，我其實還滿喜愛的。在這一集裡，他們的戀情終於能夠光明正大獲得世人的祝福，實在可喜可賀耶！

我還滿期待奧汀與姊姊、哥哥正式見面的場面，這個老成持重的孩子會哭嗎？會哭吧XD

□

不知不覺《懶散》出版了一年多的時間，出版初期覺得很漫長，總有種還有很多集數沒寫的感覺，結果眨眼間卻已經來到第九集了。

二〇一三年總共出版了七本小說，算不上很多，但也不算少。身爲一名不是全職作家的作家，回首一看，總覺得自己在一年間能生出那麼多本故事，實在是一件很不可思議的事情呢！

下一集便是《懶散》的第十集，也迎來這系列的最終回了。

眞神倒下，而闇之神卻撕裂封印跑了出來！這絕對是最糟糕的狀況、最最艱險的一場降魔戰爭！

到底思思這位勇者大人能夠力挽狂瀾、戰勝羅奈爾得這個強大的敵人嗎？請大家拭目以待吧！

香草

【下集預告】

# 懶散勇者物語 *vol.10〔終〕*

眞神倒下、闇之神封印裂碎，
這一代的勇者即將迎來史上最最糟糕的狀況！
夏思思與伙伴能力挽狂瀾、戰勝魔族嗎？

最後之戰，兩名神祇、兩個曾經的友人，
終於再度在戰場上相見了！

***卷10 降魔戰爭・敬請期待～～***

路邊攤　著

**最新校園傳說、令人戰慄又懷念的校園鬼故事！**

見鬼，就是我們社團的宗旨！還記得學生時代校園裡百般的驚悚鬼故事嗎？故事的開頭總是「聽說」而不是「我看到」。因爲沒有人眞正看到過，所以更有無限的想像空間……

當教室是通往異界的入口、廁所鏡子是勾人心魄的凶器、自然現象中加上了絕對無法想像的「東西」後，你還確定世界是安全的嗎？誰知道這些故事（事實？）何時會消失，何時會再度甦醒？

見鬼社

明日葉　著

**淡淡心動滋味，無厘頭搞笑風格，夏日清爽開胃讀物！**

炎炎夏日某一天，故事就從女孩向男孩搭訕的第一句話開始——
「你好！我是外星人，可以跟你做朋友嗎？」
這天外飛來的清靈美少女頭腦似乎……有點怪？
女孩無厘頭的個性，讓男孩平靜的校園生活瞬時風雲變色。不過，所有事件的背後都藏了無數巨大的祕密，讓人意外的眞相說明了她的「超能力」，也解釋男孩腦中的異樣感。
那天，在櫻花樹下許下的願望是……

外星少女
要得諾貝爾和平獎

醉琉璃　著

**揉合神話與青春校園的奇幻冒險！**

宮一刻是個熱愛可愛事物的不良少年，莫名車禍後，他開始能見到人類身上冒出的「黑線」。滿懷不解的他第一次遇上渾身粉紅蕾絲邊的可愛女孩時，就不應該再奢求平靜的校園生活了……

蘿莉小主人、靈感雙胞胎、僞娘戰友、巴掌大壞心眼少女……無敵怪咖成員們，織成驚心動魄兼囧笑連連的每一天。以線布結界、以針做武器，還要和名爲「瘴」的怪物作戰，不得已訂下契約的一刻，將展開一段名爲熱血的打怪繪卷！

織女系列（全八冊，番外一冊）

醉琉璃　著

**《織女》二部來襲！不管是神明、人類或妖怪，都大鬧一場吧！**

不思議事件狂熱者室友A，是個手持巨大毛筆的「神使」？一臉酷樣的少女殺手室友B，還是個活生生的「半妖」？這些宛如動漫的名詞突然殺出，低調眼鏡男只能輸人不輸陣，變身了！？

不敬者破壞封印，釋放了不該釋放之物！神使公會曝光，舊夥伴、新搭檔陸續登場——「他」無奈表示：爲啥我得聽一個男人說「我願意」呀！！

神使繪卷系列（陸續出版）

香草　著

**脫掉裙子、剪去長髮，誰說公主不能大冒險！**
**心跳100%，詭異夥伴相隨的刺激旅程！！**

一連串恐怖陰謀與噩耗的重擊下，西維亞公主一肩扛起天上掉下來的任務：「解救皇室危機」
在淚眼矇矓卻有一副好毒舌的侍女「歡送」下，
聚集超級天然呆魔法師、知性腹黑與爽朗隨性的青梅竹馬騎士長，
西維亞正式展開以守護國家爲名的嶄新冒險。

傭兵公主系列（全六冊，番外一冊）

香草　著

**史上最沒幹勁的勇者，被迫上路！**

夏思思是個絕對奉行「能坐不站、能躺不坐」的17歲少女。卻被自稱「眞神」的神祕美少年帶到了異世界！身爲現役「勇者」，也爲了保住小命，她只好心不甘情不願地踏上保護世界的麻煩旅程。

誰知道旅程還未展開，思思便被史上最「純潔」的魔族纏上？帶著一夥實際身分是聖騎士、偏偏又很難搞的夥伴，決定兵分兩路行動的新手勇者夏思思，前途無法預測！

懶散勇者物語系列（陸續出版）

倚華　著

**輕鬆詼諧又腹黑，加上充滿絕妙個性的吐槽，全新創作！**
這是一個關於友情、愛與責任的故事……（才怪！）
事實上，這是關於一個又脫線又白痴傢伙的故事。（也不是啦！）
皇家禁衛組織，一個集合了眾多「奇特」成員的團體，夥伴們該如何相親相愛地完成屬於他們的特別任務呢？

東陸記系列（陸續出版）

可蕊　著

**異世界的新手，驚險連連的冒險新章！**
眞是巧合？還是有人背後搞鬼？工作飛了、正面臨斷糧危機的楚君從意外甦醒後，發現自己和愛貓娜兒掉入了某個彷如電玩遊戲的奇幻國度，靈魂更雙雙進入了擁有「絕世容貌」的新軀體！

楚君和娜兒對新世界沒有任何知識與概念，但屬於「身體」的原始記憶，卻在接近眾傭兵團目標之地後漸漸覺醒。她們的身體原來是誰的？這些記憶是否具有特殊意義？而楚君手中那枚拔不掉的詭異戒指，要如何在一卡車「狩獵眞有趣」的生物環伺下，解救主人？

奇幻旅途系列（陸續出版）

國家圖書館出版品預行編目資料

懶散勇者物語／香草 著.——初版.——台北市：
魔豆文化出版：蓋亞文化發行，2014.02
冊； 公分.
ISBN 978-986-5987-36-7（第9冊：平裝）

857.7 101026390

fresh FS057

# 懶散勇者物語 vol.9

作者／香草
插畫／天藍 封面設計／克里斯
出版社／魔豆文化有限公司
地址◎ 台北市103赤峰街41巷7號1樓
電話◎（02）25585438 傳真◎（02）25585439
網址◎ www.gaeabooks.com.tw
部落格◎ gaeabooks.pixnet.net/blog
電子信箱◎ gaea@gaeabooks.com.tw
投稿信箱◎ editor@gaeabooks.com.tw
郵撥帳號◎ 19769541 戶名：蓋亞文化有限公司
發行／蓋亞文化有限公司
法律顧問／十方法律事務所
總經銷／聯合發行股份有限公司
地址◎ 新北市新店區寶橋路二三五巷六弄六號二樓
電話◎（02）29178022 傳眞◎（02）29156275
港澳地區／一代匯集
地址◎ 九龍旺角塘尾道64號龍駒企業大廈10樓B&D室
電話◎（852）2783-8102 傳眞◎（852）2396-0050
初版一刷／2014年02月
定價／新台幣 180 元
Printed in Taiwan

ISBN／978-986-5987-36-7

FS057

# 懶散勇者物語 vol.9

## 魔豆文化 讀者迴響

感謝您在茫茫書海中選擇了魔豆，您的支持是我們最大的動力。
不要缺席喔，讓我們一起乘著夢想的羽翼，穿越時空遨遊天地！

| |
|---|
| 姓名： 性別：□男□女 出生日期： 年 月 日 |
| 聯絡電話： 手機： |
| 學歷：□小學□國中□高中□大學□研究所 職業： |
| E-mail： （請正確填寫） |
| 通訊地址：□□□ |
| 本書購自： 縣市 書店 |
| 何處得知本書消息：□逛書店□親友推薦□DM廣告□網路□雜誌報導 |
| 是否購買過魔豆其他書籍：□是，書名： □否，首次購買 |
| 購買本書的動機是：□封面很吸引人□書名取得很讚□喜歡作者□價格便宜□其他 |
| 是否參加過魔豆所舉辦的活動：<br>□有，參加過 場 □無，因爲 |
| 喜歡出版社製作什麼樣的贈品：<br>□書卡□文具用品□衣服□作者簽名□海報□無所謂□其他： |
| 您對本書的意見：<br>◎內容／□滿意□尚可□待改進 ◎編輯／□滿意□尚可□待改進<br>◎封面設計／□滿意□尚可□待改進 ◎定價／□滿意□尚可□待改進 |
| 推薦好友，讓他們一起分享出版訊息，享有購書優惠<br>1.姓名： e-mail：<br>2.姓名： e-mail： |
| 其他建議： |

| 廣告回信 郵資免付 |
| --- |
| 台北郵局登記證 |
| 台北廣字第675號 |

魔豆文化有限公司　收

103 台北市赤峰街41巷7號1樓

魔豆

魔豆